又來搞飛機

暴坊機長瘋狂詹姆士の東洋戰記

瘋狂詹姆士◎著

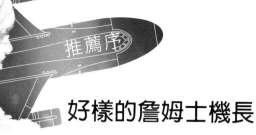

好樣的詹姆士機長

詹姆士機長你好樣的，每一本書當最後一本寫，為了爆料你連命都不要了！你都不怕被暗殺嗎？你真的瘋！你有老婆和未來的小孩要養耶！

天呀！這一本更有娛樂性、更種族批判、更性別歧視，專門針對特定國家的書。看來你不打算回那個國家、回那間公司了。這種自毀前程、破釜沉舟的自傳書，怎麼可以不狂推呢？謝謝你賜予我們一個不可思議的閱讀體驗，更謝謝你同時增進我們很多航空的知識，閱讀每篇文章的過程中就像當了你的副駕駛，除了身歷其境，更是舒坦爽快！

想不到你的文筆比口才更好，讓我一篇篇意猶未盡的看下去。在這邊祝福你新書大賣和膀胱攝護腺超強，預祝沒有其他國家的民航局和航空公司高層看得懂中文，順利為你的讀者進一步到下一個旅程，期待你的下次搞飛機。

最後，我是HitFM夜貓DJ Dennis，這本書只有8個字可以形容：WOW！TMD，非看不可！

Hit FM107.7

夜貓DJ Dennis

這些年，他飛日本的鳥事

1986年美國好萊塢推出了由湯姆斯克魯斯主演的《捍衛戰士Top Gun》，其實這部片還有好多大咖，如演過蝙蝠俠的方基墨、號稱美國甜心梅格萊恩、《刺激1995》男主角提姆羅賓斯，不過後來就是紅了身高最矮，牙齒當時還有點不整齊的阿湯哥。

沒辦法啊，男主角就是帥！就是帥！！就是帥！！！當時只要收音機傳出美國Berlin柏林樂團的〈Take my breath away〉這首在美國告示牌排行榜及英國金榜都拿下冠軍，並賣破50萬拿下金唱片的主題曲，所有的五、六年級生就會陷入成為帥氣飛官的白日夢中。當年，有錢的人會買個RayBan雷朋眼鏡，或是阿湯哥在電影中那件讓你熱死也甘願的G-1飛行夾克。如果沒錢，起碼也可以買張便宜的電影海報貼在牆上（我就是沒錢那個），每天起床時可以提醒自己那個要成為飛行員的夢想。然而有夢想的人多，能夠刻苦堅持實現夢想的人畢竟是少數，而我認識的James就是這樣的有痣青年。打錯，是有「志」青年！

一般人都以為只要被軍校退學，這輩子就與飛行夢無緣了，但他竟然硬是走出了一條跟別人不一樣的路！有哪個機長

開飛機之前還開過小黃？今天如果你坐計程車，車開到一半運將轉頭跟你說他之後要去開飛機，你會信他才有鬼！James的瘋狂前半生詳情請參閱第一集《給我搞飛機》，從浪蕩少年人到小黃運將，再加上要在爛老外狗眼看人低的歧視環境下，用努力及專業技術贏得掌聲成為機長。這樣的機率真的比中樂透還低，然而我們Crazy James辦到了！

James他是我們這群球友中完成機長夢，卻又打破所有人對機長美好夢幻的那個人！大家都以為當上機長就算是人生勝利組的代表。翱翔天際，身處在空姐環繞的工作環境更應該快樂無比（這就是為何男人之所以總有當機長的幻想），但是真不知道是該說James命運坎坷還是八字太輕，又或者是說「天將降大任於斯人也，必先如何如何……」，只要他當機長總是會遇到一些狗屁倒灶的事情，（我真的還沒聽過當機長需要跳機逃機的，不知道？再次請客官您重溫第一集《給我搞飛機》）。現在就連飛日本，在這個所有人印象當中，事事井然有序，凡事都有SOP，又極度過分有禮貌的國家——James沒走夜路卻還是可以常常遇到鬼！什麼樣阿里不達的鳥事他都能碰到（這集書名也可改成「這些年我飛日本的鳥事」），想知道發生什麼事？我不想爆雷被打，您就快往後看吧！

Dear James:

對我而言，你就像是日本小山宙哉漫畫《宇宙兄弟Space Brothers》裡的那個瘋狂飛行教官丹尼爾·楊格。天空是你唯一的歸宿！下次不要搞飛機了——飛太空梭吧！

POP Radio FM91.7
音樂Buffet DJ 阿讓

笑中帶淚的爆笑故事

身為阿酋航空前空姐的我，還記得當時飛行生涯裡，每趟飛行簡報開始前，最緊張的就是看著簡報室另一頭，連接機長室的門緩緩開啓。由於機長權利之大，攸關著待會航班的好飛程度，通常只要我看到亞洲機長走進來都會不禁的嘴角上揚，畢竟當時一個人身在異鄉，總會多了些熟悉與親切感，而起飛後必須去駕駛艙「探視」的規定，亞洲機長們似乎也會有和自己較相似的話題。

曾經任職於航空界，早就對瘋狂詹姆士這位幽默的台灣機長偶有所聞，得知他曾經開過計程車，高中唸了六年，爾後卻在30歲之前當上了機長，就跟我身高只有158公分，卻還當得了空姐的故事一樣精彩。

還記得有次放完年假，準備從台灣飛回杜拜收假的路上，不經意地在機場書局架上看到詹姆士的處女作，興奮的當場買下，由於當時我的前東家還沒直飛台灣，每次回杜拜都得經由鄰近的城市轉機，而我那天就在從香港飛回杜拜的航班上流著

淚看完了詹姆士的故事，型男機長詹姆士書中的幽默感，讓我在機艙裡面強忍著想要大笑，卻又怕吵到隔壁乘客，而拿著紙巾頻頻擦拭著淚水，尤其書中那段印度人拿著大公事包的故事，簡直講到每位空服員的心坎裡，還有那段詹姆士在沙烏地阿拉伯的鬼日子，對當時也身在中東的我十分有感觸。

得知詹姆士又要出續集卻找我寫推薦序的時候，簡直讓我又驚又喜，喜的是終於又有續集可以讓我狂笑一番，驚訝的是我居然也有這榮幸能幫詹姆士寫推薦序。

這次，詹姆士離開了對岸，來到了宅男的天堂——日本。不管你喜不喜歡日本，是不是宅男，或是想一圓機師夢的你，都應該看看這本續集，保證你會對航空業會有更深的認識。

除了恭喜詹姆士，還要謝謝他將航空業鮮少人知道的有趣事情公諸於世。

現在就讓我們繼續看下去吧！

搭飛機上下班的OL
Camy

以你為榮

　　我是天傑的媽媽，他在我家排行老二，上面有一個哥哥，下面還有一個弟弟。

　　天傑從小就對飛行玩具、模型愛不釋手，立志要當個飛行員，懷抱著在天空遨遊飛翔的美夢。

　　為了圓夢，他鞭策自己日夜不停的背英文單字，看原文書，主動和外國人打招呼聊天，終於有機會到美國的飛行學校去上課學習，也因此吃了不少苦。

　　以前的通訊不是那麼的發達，又因為電話費很貴，在國外遇到了困難或想家時，只能自己解決承受。記得有一次，天傑因為生病發高燒在學校宿舍打電話回來，我急得像熱鍋上的螞蟻，他在電話那頭哭，我在台灣直掉眼淚，心就像被撕裂般的痛，天下父母心啊！

　　為了不讓我擔心及避免增加學習費用，天傑以最短的時間考上了商用飛行執照及教官執照，讓老師們讚嘆不已。回國之後，如願考進航空公司成為一名最年輕的飛行員。在所有親朋好友的祝賀聲中，只有當媽媽的知道，他付出了多少努力，吃

過多少苦。因此我的驕傲不是因為他的職業，而是他勇敢去追尋夢想的毅力與決心。一身雪白、帥氣又挺拔的飛行員制服是許多年輕人羨慕與夢想的工作，但背後那種辛酸與壓力實在是外人無法明白的。

　　媽媽很希望有空你能多休息，而你卻又開始著手寫第二本書了。之前出版的第一本書，寫下了你的學習經驗與生活，在大家的支持下，獲得了不錯的回響，給了你很大的信心，不知現在這本到底要寫些什麼呢？我很期待，也希望所有親朋好友及愛護天傑的書迷們，能繼續給他鼓勵及指導，而媽媽除了給予關心、祝福之外，心中最大的願望還是看到你們夫妻幸福、全家平平安安、快快樂樂就心滿意足了。　加油！我的兒子。

詹姆士的老媽

He must have watched too many Top Gun movies

If you would have told me back in 1997 that I would be writing an introduction to James Wang's second book I would have laughed you out of my office. When I first met James in 1997 he was an over-confident and arrogant 21-year old flight school student who had just arrived from Taiwan and I was the School Director at Hillsboro Aviation's flight school. I have to admit that working with James those first few months presented some challenging times for me. Don't get me wrong – James was a great flight student – he was extremely motivated and worked harder than most any other student at the school. The thing with James was that he wanted to be the best student. I guess he must have watched too many Top Gun movies. That type of attitude caused some tension among his fellow students and some of the school instructors. But to me, I saw him as a 21-year old man who was trying to find his way and decide who he was going to be.

James graduated from the Hillsboro Aviation commercial flight training program in near record time, faster than his American counter-parts who had the advantage because English was their first language while James had to study both English and flight training at the same time. James stayed at Hillsboro to complete his Certified Flight Instructor (CFI) rating and following the completion of his CFI, I hired him to work as an instructor for Hillsboro Aviation. So let the whole world know – Houston Hickenbottom was the first person to hire James as a pilot!

I like to tell people that I really I didn't get to know who James really was until after he left Hillsboro Aviation and moved back to Taiwan to pursue his career as an airline pilot. As the years went by I found James to be one of the most loyal and genuine person I have ever met. James stayed in touch with me frequently and it was common to see him visiting Hillsboro Aviation on a regular basis. He also took a personal interest in helping others and for many years he was the mentor and guide for many flight students from Taiwan. But what I really found

special about James was that he had passion about things that mattered to him. When he spoke about things he spoke from the heart and he spoke with feeling and passion. Sometimes his directness and honestly would get him in trouble, but he would tell it like it was. I am not sure what this second book is about because honestly, I have no idea what his first book was about because it was not written in English. But I do know that if James feels he has something valuable to say he will be saying it in this book.

Since I am writing this in English I may never fully know how this introduction translates into Mandarin for this book. Maybe my writing will be mistakenly translated into saying James is the greatest pilot in the world or maybe it will say he is 'crazy' James, but what I hope above all is that this says James is my friend and that I am proud of him for what he has accomplished in the 18 years since he walked into my office at Hillsboro Aviation for that very first time.

Houston Hickenbottom
Hillsboro Aviation School Director (1996-2005)
Hillsboro Aviation Chief Financial Officer (2008-2012)
Portland International Airport (PDX) Aviation Security Manager (2012-Present)

Houston Hickenbottom

（中譯）
我想他應該看太多捍衛戰士電影了

　　如果讓時光倒流，回到1997年，然後跟我說，我將來會幫James王的第二本新書寫序，我肯定會在辦公室裡笑到翻掉。我第一次見到James是在1997年，那時他只是個剛從台灣來，不知天高地厚，又很臭屁的21歲小毛頭；而我則是希爾斯伯羅航空學校的校長。我必須要講，剛開始與James相處的頭幾個月，真的頗有挑戰性。但是請不要誤會——James是一個很棒的飛行學員，他有著極其強大的學習動機，也比任何其他的學生都還要努力。James的問題在於，他想要成為最優秀的學員（我想他應該是看太多《捍衛戰士（TOP GUN）》電影了），而這樣的態度，在他跟同學以及跟教官之間，造成了某種程度的緊張。但對我來說，我只當他是個21歲，正在試圖尋找未來方向的年輕人。

　　James以近乎破記錄的方式，自希爾斯伯羅航空學校畢業，比坐擁英語是母語優勢的美國同學們還快，反觀James，則必須同時學習英語並接受飛行訓練。James畢業後繼續留在希爾斯伯羅，並且接著完成飛行教官訓練，並在完訓後，成為希爾斯伯羅航空學校的飛行教官。因此，全世界都該知道～我（Houston Hickenbottom）是第一個雇用James當飛行員的人！

　　真正開始了解James，其實是在他離開希爾斯伯羅航空學校，回到台灣成為民航飛行員之後。隨著時光荏苒，我才發現James是我遇到過最忠實而純真的人。James常與我保持聯繫，並且經常可以看到他回希爾斯伯羅探訪。他私底下很熱心助

人，多年來他已成爲不少台灣自訓飛行員的師父。然而我發現James最特別的地方是他對所在意的事情，特別的具有熱忱。當他談到這些事情時，不但是掏心掏肺，更是放入了眞心與感情在其中。當然有時他的率直跟誠實，會讓他惹上不少麻煩，但他卻從不會因此而有所改變。James的書不是用英文寫的，所以老實說，我並不清楚第一本書的內容，第二本書，我同樣也無法了解。不過我可以確定的是，如果James有好康的要跟你說，他絕對會在這本書裡跟你分享。

　　這序我是用英文寫的，所以我大概永遠也不會知道，被翻成中文之後會是什麼樣子。搞不好我的原意在被翻譯之後，會被誤解成James是最偉大的飛行員，或是讓人以爲他眞的是瘋狂詹姆士。但我想要表達最重要的是，身爲James的朋友，我以他第一次踏入我辦公室的那刻起一直到現在的18年間，所達成的成就爲榮。

Houston Hickenbottom
斯伯羅航空學校校長 1996-2005
斯伯羅航空學校首席財務長 2008-2012
波特蘭國際機場航安經理 2012至今

Houston Hickenbottom

自序

　　我的第一本書《給我搞飛機：型男機長瘋狂詹姆士的飛行日記》問世之後，詹姆士收到了很多讀者的來函鼓勵（詹姆士衷心希望你們不是衝著書中插頁的比基尼辣妹以及美女空姐而買）。不少來函的讀友有著飛行的夢想，身體裡也跟我一樣流著飛行的血液，來跟詹姆士請教該如何準備能當上機師。更誇張的是有那麼幾個年輕的讀友，希望大佬可以幫忙讀友跟家裡父母溝通，盼望能說服雙親讓他們出國學飛行。寫信給我的讀友們，大佬再忙都一定親自回信，能幫上忙的地方必定鞠躬盡瘁。看到這些讀友，彷彿看到了當年懷抱著飛行夢想的我。

　　《又來搞飛機：暴坊機長瘋狂詹姆士の東洋戰記》是《給我搞飛機：型男機長瘋狂詹姆士的飛行日記》的續集，內容主要是銜接了上一本書結尾的時間點，而讓詹姆士的流浪故事繼續發展下去。在上一本書中我留下伏筆，告訴讀友們下次再看到大佬時，或許我已經不在深圳航空。果不其然，在厭倦了印度喀咖哩、沙烏地阿拉伯啃沙威馬、中國大陸吃黑心食品後，詹姆士來到了日本吃沙西米配哇沙米。本以為這一切正是美夢的開始，沒想到其實是一腳踏進痛苦的深淵！只是也多虧了這

痛苦的深淵，才讓詹姆士可以再次寫出膾炙人口的續集。

　　沒看過《給我搞飛機：型男機長瘋狂詹姆士的飛行日記》的朋友，建議您可以先看第一部曲，這樣您才會有基本認識，知道詹姆士是個怎麼樣衰小的人，他的一生到底是充滿著什麼樣的傳奇故事，為什麼所有發生在他身上的悲情遭遇，對周遭的人來說都可以成為爆笑的故事。至於想當飛行員的朋友，也可以藉由第一部曲，進而了解詹姆士如何能把高中當醫學院念了六年，一路從開小黃的「問講」到在30歲時就能當上全台灣最年輕的機長。

　　這本書的寫作方式基本上還是繼承了第一部曲「給我搞飛機」的爆笑風格，以圖多、笑話多、屁話多、髒話多、語助詞多的方式呈現給您。另外，本書除了收錄大佬這三年多來在日本Skymark Airlines「天馬航空」工作時發生的點點滴滴，詹姆士也特別針對了讀者及有志飛行的學子做了一些FAQ整理。詹姆士希望本書能再拉近讀友與我的距離，透過我的視野讓讀友們彷彿真實地握住我的駕駛桿，飛越富士山降落在東京，讓飛機駕駛艙和你最近與最遠的距離不再只維持在1A。

　　序的最後，詹姆士來談談當初是怎麼找到Skymark Airlines「天馬航空」這間公司的，在合約飛行員的世界裡，大部分的工作都是由飛行員人力仲介公司進行仲介，詹姆士也不例外。記得當年在深圳航空剿匪失利，一心只想離開大陸時，有天晚上常逛的色情網站當機，無聊之下瀏覽了飛行員仲介公司的網站，無意間發現日本有家航空公司在招波音737-800的機長。薪水普通但是提供「通勤合約」，引起了我的注意。

　　大部分航空公司提供給外籍機師的合約幾乎都是「非通勤

合約」，也就是給予年假方式休假的合約。這對於家住得遠的或是像我一樣戀家的機師，就是件非常痛苦的事情了。因為機師必須自己安排一年僅有的幾天年假，平均分配在計畫回家的月份上。但因為這種合約航空公司可以壓榨飛行員的時間比較長，薪水相對高上許多。而「通勤合約」，因為雇主每個月必須讓機師通勤返家休假，再加上民航法規定必須的休息天數，公司每個月實際使用飛行員的天數有限，薪水相對就低很多。這種事就像魚與熊掌——不能兼得啊。但能夠吸引詹姆士的關鍵誘因，並不是那紙讓我每個月連續休假12天回家的通勤合約，而是這家公司買了八架全世界最大的巨無霸型客機——空中巴士A380。全球根本沒幾家航空公司擁有的機型，對大佬來講是個不小的吸引力。唉，現在講起來～～我根本就是被這空中巴士A380騙來的啦！

　　最後提醒大家，本書口味偏重，重度怒罵日本人，如果你是喜好東洋的哈日族，先說聲抱歉。並非所有日本人都如詹姆士書中所提及，如有雷同……ㄟ就是認同。話不多說，現在，Captain James 已經把安全帶的燈號亮起，請您再度繫好安全帶，讓瘋狂詹姆士繼續帶您翱翔到日本的天空吧。

✈ 注意：書裡反覆提及「小日本」，在本書中泛指天馬航空公司的「管理階層人士」，並非全體日本人。詹姆士在天馬航空確實也有不少要好的日籍副駕駛朋友。

CONTENTS

目次

19

CONTENTS

目次

01 爹不疼娘不愛的顧人怨公司

　　「日本」曾經號稱東方的日不落國，同時也是全球A片產業最大進出口貿易國。內銷供應不但能自給自足，且外銷全球的實力也是有目共睹。而作爲首都的「東京」，一個充斥著全球最新高科技3C產品、滿街都是奇裝異服的城市，有座叫109進出都是黑女人的百貨大樓和名叫歌舞伎町的小區域，走在路上或許還可以碰到波多野結衣……在這個對台灣男性充滿著遐想，女性充滿著購買慾的國家，想到能夠到東京工作，心中不自覺有股水到渠成、苦盡甘來的念頭！然而這些興奮刺激的期待，在到達東京後隨著在公司飛行的時間越久，全像斷了線的風箏一樣，越飄越遠啊……

　　正式進入故事之前，首先必須要先談談Skymark Airline這家航空公司，畢竟這公司可是本書故事的主角。Skymark Airlines台灣叫做「天馬航空」。公司草創於1996年，在1998年時正式加入日本天空營運，而1998那年正好是大佬我在美國當飛行教官，辛苦帶學生飛行的那年。Skymark Airlines從1998年開始以波音767型廣體客機飛航日本國內線，直到2005年公司把767機型淘汰，換裝成現在我飛的波音737-800型客機。回想大佬2011年底加入天馬航空時只有19架波音737客機，直至大佬辛苦寫稿到現在爲止已經有36架了。

　　根據公司碩果僅存創黨的外籍機長說，這公司從開始營運以來飛行員幾乎都是外籍機師，日本籍的機師沒有幾個而且都是副駕駛，可以說天馬航空是由外籍機師來運轉的；直到2005

↑上班時的穿著

年後慢慢才有稍多的日本籍機師加入，但是氣氛還算融洽，一直到2010年日本航空宣告破產，資遣旗下JAL（日本航空）跟JAS（Japan Airline Express）飛行員。我們公司佛心來的，做起了資源回收的工作，把那些日航不要的飛行員撿回循環再利用。這些從日航體系被資遣的飛行員們到了公司後釀成了現在天馬航空的種種亂象，這些亂象故事在後面的章節裡全都會陸續提到……先別急。

　　話說，兄弟們知道我在日本的航空公司飛行，聽到時多半

眼角泛著淚光，而嘴角流著口水抱著羨慕的眼光，彷彿我完成他們多年的夢想似的。我只能說這些兄弟們「你們平時A片看太多了！」每每只要有人問到大佬，我們公司的空服員長的怎樣啊？我一律用「悲慘」來形容，如果要進一步爲悲慘這兩個字下個註解的話，我會說：「壯烈」。

　　還記得在前東家深圳航空的時候，大佬出飛行任務要遇到身高比我矮的空服員還真是不大容易，個個都像是凱渥的麻豆，更何況深航冬天的制服還是誘人遐想的黑色長筒真皮馬靴啊。而詹姆士現在服務的天馬航空，想要遇到身高比我高的空服員可真的是天方夜譚。別說身高夠高的空服員了，要找個一般正常人身材的空服員也都要祖上積德才有機會遇得到。我們公司空服的平均身高155公分，身材非胖即短。公司爲了這些平均身高只有155公分的空服員們，還特別把飛機客艙裡靠近走道的乘客座椅椅腳加裝可以踏腳的踏板，以免這些空服員的手勾不到客艙上面的行李箱。而且空服員跟我們飛行員一樣連制服都沒有，上衣只發一件Polo衫，至於下半身則是愛穿什麼穿什麼，有的穿百褶裙，有的穿百慕達褲，有的穿燈籠褲，款式五花八門到只能用一個字形容——醜！唉……我現在終於深深的體驗到「思念總在離職後」這句話的真正精髓了。嗚～～～

　　說天馬航空在日本是個爹不疼娘不愛的顧人怨公司一點也不爲過。不只客人討厭我們公司，空服員們自己也不喜歡，飛行員還恨不得想逃離這裡，日本民航局官員更是對我們公司恨之入骨，認爲我們是個不入流的魯蛇（註）公司。

　　許多客人討厭我們公司，因爲搭我們飛機不但沒有美美的空服員可以欣賞，飛機上所有的飲料還都必須花錢買，椅子坐

↑飛行時穿破牛仔褲跟球鞋

的也挺不舒服。但是他們卻又不得不搭我們公司的飛機，因為我們的機票價格硬生生就是比ANA（全日空）或是JAL（日本航空）便宜了三分之二。同樣是國內線的航點，全日空或是日本航空機票索價三萬日幣，我們公司卻是飛到哪都只要一萬日幣。你說說看，客人們不就是只能恨在心裡卻又不得不搭嗎？

　　客人討厭我們公司就算了，連飛行員也憎恨自己公司，但大家卻也都把懶蛋夾得緊緊的不得不飛。一來對老外來說，能

夠跟我一樣煎熬過一年漫長的訓練又沒被幹掉回家吃自己，真的不是件容易的事；二來則是因為天馬航空是業界裡面少數有提供每個月休12天連續假期，讓你回家的航空公司了。至於對小日本機師來說，他們大部分是在沒有選擇的情況下，為了餬口飯吃而被迫來天馬航空飛行，到了這裡後卻自以為還在當年的日航，成天抱怨東抱怨西。

剛剛有提到，我們公司的飛行員是沒有制服可穿的，飛行員上班沒有光鮮亮麗帥氣的制服就算了，在機場沒有受到客人或工作人員應有的尊重也無所謂，但我們卻經常被客人投訴。常有客人在登機門前等待登機時，看到天馬航空機師穿著便服走進管制區，便趕緊通知機場警衛說有閒雜人等隨意進入管制區，給機場當局以及我們帶來了不少的麻煩跟困擾。大佬我……光是在日本這幾年，就不知道因為這原因被日本「航警」關心過了多少次。

其實天馬航空的飛行員在數年前曾經有令人尊敬的飛行員制服。只不過公司老闆討厭飛行員。有天他在機場看到飛行員穿著帥氣的制服跟妹妹們聊天，當場大怒，隔天隨即取消所有飛行員的制服，全部改穿POLO衫。這個異想天開的政策一出來，可真的是搞翻一群人。大佬每次在公司報到時都搞不清楚誰是我的副駕駛就算了，上了飛機，機務同事也搞不清楚誰是機長誰是副駕駛。偏偏詹姆士又一臉娃娃臉，公司80%的副駕駛都超過50歲，每次機務都以為我是副駕駛，而我的副駕駛是機長！說到這～真懷念過去當飛行員有帥氣的制服穿、受到客人尊敬、美眉仰慕、小孩羨慕，有尊嚴的日子呢。

✈ （註）魯蛇＝英文loser取諧音，輸家的意思。

02 初生之犢不畏虎

故事該從這裡開始……經歷在東京機場被公司放鴿子，直到凌晨還找不到可租公寓等一連串驚喜，因此早上在比監獄牢房還小的房間裡醒來時，似乎一時還不太能理解人已經在東京這個事實。迅速的盥洗了一下就準備十點鐘到樓下的大廳，等仲介公司派代表帶大佬去東京市政廳辦居留證，隨後再去天馬航空報到。附帶一提，這個跟牢房一樣大小的四坪套房，一個月的房租要價十七萬五千日幣，相當於台幣七萬塊（2011年的匯率）。七萬塊台票，老子在台北101都可以租個高檔套房住了！

十點鐘整大佬乖乖的準時抵達公寓一樓大廳等著仲介公司的人來接我，沒想到這一等卻等上了半個小時沒見到半個人影，隨即打電話進新公司，但是新公司的回應聽來顯然也搞不清楚狀況，看來似乎是被仲介公司放了鴿子。情急之下，公司只好找其他仲介公司

↑詹姆士度過一年的小套房

的小姐來接我去市政廳。

到了市政廳後，遇到了跟詹姆士住同一棟公寓，也是昨晚才到東京、今天要去天馬航空報到的兩位老頭，看來這兩位老頭將會是跟我一起上課的夥伴。這兩位，一位是年紀53歲的德國人叫Gunther（甘特），是個前奧運游泳選手；另一位則是57歲的美國人叫Dragan（姑且叫他老美）。

我們在市政廳辦完居留證後，一行三人加上仲介公司的小姐一同搭上了計程車回到了我們的公寓。這讓我們三個一陣納悶，反正等等都要進公司報到，為什麼計程車不直接搭到公司就算了呢？原來是仲介公司的小姐要親自帶我們搭一趟地鐵到公司，因為從今天開始，往後將近一年的時間，我們都得自己每天搭地鐵到公司上課了。

話說，在東京搭地鐵真是一件痛苦的折磨啊！詹姆士連在台北都很少搭捷運了，現在居然淪落到日本當通勤族，每天搭捷運上下課。一想到往後一年每天都要這樣子搞，真的很想直接自裁了結這一切就算了！

先講講大佬如何從公寓搭地鐵到公司吧。我住在東京銀座附近，沒錯！就是東京的高級酒店區！離公寓最近的地鐵站是京橋站（Kyobasi）。我必須先從京橋站搭銀座線到新橋站（Shimbashi），到了新橋站後要再轉另一班地鐵到浜松町站（Hamamatsucho），最後再轉搭單軌列車Mono rail到公司附近的整備場站（Seibijo）。一趟下來要花一個小時的時間，對住在東京的日本人來說早已習以為常，對我來說可是每天台北到桃園轉三班車通勤啊。

三個人一路上渾渾噩噩，這裡作作筆記，那邊拍拍照片，試著記下聽不懂發音的站名跟路名，因為明天開始我們可就要靠自己了。進公司後又遇到了同梯報到的另外兩位同事，一位是墨西哥籍的Ruben（羅賓），另一位是韓國籍的J.J，接下來的一年，我們五位將會一起同甘共苦、同舟共濟、同生共死。

↑左起開始羅賓、JJ、老美以及甘特

我們五個人分別來自不同國家和四個不同的仲介公司，今天是第一天，每個仲介公司都派代表陪著各自的飛行員到天馬航空報到——除了我！沒錯，我就是例外。從第一晚踏入大日本帝國國土後，詹姆士就像個孤兒般沒有任何人理會，就連今天都是由那位負責德國人與美國人的仲介帶我進公司的。

Anyways，第一天在公司的進度還算輕鬆，大致介紹一下公司組織架構以及未來我們五個人課程的安排。還沒到日本前，就耳聞了日本航空公司的訓練是全世界數一數二的嚴格。業界有個說法：除非你是走頭無路的飛行員，不然千萬不要到日本去飛行。因爲日本航空公司的訓練冗長，耗時將近一年，更驚悚的是訓練及格率還不到二分之一。換句話說，在經歷長達一年的嚴酷訓練後仍然可能落個被淘汰的下場，而被淘汰的飛行員想找下個工作簡直是難上加難。哎呀，都怪詹姆士色字頭上一把刀，彩虹頻道看太多，當初才像中了邪一樣一心只想離開大陸。我看了一下訓練課程表……媽的，果然紮紮實實把我們當作什麼都不懂的飛行員從頭教起。 (註)

詹姆士雖曾在數個國家的不同航空公司飛行過，但對於日本公司的文化還眞的很震驚，所有的一切都非常的講究非常有制度。舉例來說，從第一天進公司報到開始，公司已經把我們一切所需都準備好，進了教室書桌上每個人上課教材排列的整整齊齊，合約上規定每個月生活津貼250000日幣，不用人提醒就在第一天乖乖的奉上了。這要是在我老東家深圳航空，要不是親自上陣討這筆錢，永遠也別想拿得到。

公司中午的吃飯時間有兩種選擇，第一種選擇是中午1150-1235，第二種選擇是從1250-1335。所有員工都只能每天在這兩

↑笑嘻嘻不知大難臨頭

個午休時段選擇其一去吃飯。我們的上課時間是每天早上10點到晚上6點15分，公司特別警告我們這群初生之犢，不到下課時間，就算沒課或自修也不准提早離開公司。

　　這裡的員工辦公室是個開放式空間，沒有屏風或柵欄，一望無際如同乾枯的肯亞莽原，50張辦公桌座落其中，主管陰森的坐在最後面那張桌子。舉凡只要有人挖鼻孔、咬指甲、打瞌睡，不只主管，任何人皆可一目瞭然，一槍斃命。所以員工們都安安靜靜低著頭乖乖地默默工作，只有我們這群老外在那

↑報到當天桌上擺滿厚厚的書

裡嘻皮笑臉、嘻嘻哈哈，殊不知大難即將臨頭。不過！話說回來，看到桌上這一整排厚厚的手冊，日本航空法規、飛機操作手冊等等，真的很難想像接下來這一年日子要怎麼過下去啊。

✈ （註）一般航空公司對於成熟飛行員的訓練包含：1.地面課程；2.模擬機訓練；3.實機航路訓練。這三項訓練依據各家航空公司編排的課程長短不一，普遍來說是三、四個月左右，日本卻長達一年。也因為日本飛行執照非常難取得，所以擁有日本執照的飛行員非常吃香，爾後不用擔心找不到工作。我目前還是日本紀錄上唯一在日本航空公司任職的台灣籍機長。

03 大難臨頭

這是要靠我們不太精準的導航能力，自己搭地鐵去公司上課的第一天。我們這班叫C9，就是Class 9的意思。相較於上一班C8一班十個人，以及我們下一班C10的十四個人，我們這個五人班級還真是精實不少。

我們五個分別被公司配送到兩棟不同的公寓，我和老美Dragan還有阿德甘特三個人，被分配到距離公司（機場附近）較遠的銀座區，通勤時間基本上一個小時起跳，前提是運氣要好。而老韓JJ跟老墨羅賓則住距離公司很近的浜松町，搭單軌列車不用轉車就直達公司了。讀過詹姆士第一部曲的讀者都知道，像我這麼賽的人，會發落到邊疆地帶也算不上什麼意外。最神的是，明明從銀座到公司的路線就那麼一條，我和老美跟阿德三個人居然各自記了三種不同的路線。想也知道，光榮的第一天正式上課──我們三個人就遲到了，而且遲到很久。

今天開始正式上課，頭兩個月的課程是日本的民航法規，公司安排兩個月後要參加民航局辦的民航法規考試，筆試及格才算拿到門票，這樣日後模擬機訓練完成時，才能參加機長執照的考試。話說這民航法規的考試，在世界各個國家的航空公司都只是幾天的課程而已。詹姆士在印度、阿拉伯以及大陸深圳航空時，公司都只是丟了一本考古題給我們，要我們自己乖乖念完再參加考試就好。但是，這裡居然要搞上兩個月！

早上公司訓練部經理又來到我們班上，再一次解釋了訓練的流程。並且很認真很嚴肅的告訴我們五個人：「民航局不喜

歡天馬航空（我想我知道為什麼），所以對我們公司的訓練要求非常嚴格，因此訓練必須拿出一定的淘汰率給民航局看。公司固定會保持30%的淘汰率，所以最後結訓時你們只有一半的人會過關。被淘汰不見得是你們真的很差，只是公司必須要作樣子給民航局看，We are sorry。」Sorry你的ass啦！這些話面試時是不會先講喔，現在就像頭洗一半停水了，要我們如何是好。訓練部經理話說完就屁股拍拍走人，留下我們幾個人錯愕及驚恐的呆坐著，彷彿每個人都已經被宣告淘汰出局一樣，全體陷入一片愁雲慘霧之中。

中午課上到一半，突然又被總公司派來的人給打斷了，總公司來的人手上拎個菜籃子走進我們教室，籃子裡面裝有幾塊抹布似的玩意兒，就像打掃的阿桑提個籃子裡面裝破布一樣。我們幾個丈二金剛摸不著頭腦？還以為要分配我們打掃工作呢，結果居然說是要套量制服。聽到課不用上，幾個人耶～的歡呼起來、嬉嬉鬧鬧開心的像是剛被宣布放暑假的小孩子似的。天啊，才第一天上課而已耶！五個同學大家東看看西看看，沒看到套量制服的裁縫師，總公司來的人把菜籃裡面的抹布倒在桌子上面，告訴我們這就是我們的制服。我們看了看這堆破布，有Polo衫，有夜市99塊錢的「不」防風外套，還有一頂棒球帽。四種size，S、M、L、XL就這樣，帽子則是one size一人一頂。

What the fuck is this……我們幾個人怎麼看都搞不清楚狀況，總公司的人這才開始解釋：「天馬航空飛行員沒有制服，沒有帥帥的白襯衫加上肩膀上代表機長的四條槓槓，也沒有鑲有金邊神氣的大盤帽。」取而代之的是類似夜市賣的黑色Polo

衫，以及像保全穿的黑色防風外套外加棒球帽。起初我們五個人還不敢相信，以為這些是這一年上課時要穿的衣服。但是對方無情的追加了說明：「以後飛行時就穿這Polo衫。」基本上飛行時只要身上有穿眼前的Polo衫或是保全外套之一，甚至是戴了棒球帽也就算是制服了。褲子愛穿什麼穿什麼，有機長穿牛仔褲，有機長穿大口袋工作褲，甚至有夏威夷來的美國籍機長直接穿短褲飛行。鞋子也一樣，皮鞋、球鞋、布希鞋……隨便啦！We are Skymark（這句話後來在線上飛行時常聽到）。

↑像保全一樣的外套及棒球帽

35

↑背後還印有駡可，不說真以為是保全

　　到今年（2011）為止，詹姆士在民航圈飛行了17年，在世界五個國家、不同的航空公司服務過，今天是我第一次聽到、看到航空公司的飛行員居然可以不用穿制服飛行，要不是我身處天馬航空，真的不敢置信。記得大佬在深圳航空的時候，機隊的隊長基於飛行安全理由，規定所有機師不但飛行時必須穿皮鞋，而且還要穿著有後跟的皮鞋。理由是大陸人認為如果穿沒有後跟的皮鞋，例如麵包鞋之類的鞋子，飛行員會沒辦法踩舵；認為鞋底會在腳踩舵的時候滑掉。這種腦殘的規定，也只

有這麼有才的大陸人想的出來。這就好像規定沒有穿有跟的鞋子不能騎腳踏車一樣。試問，如果穿拖鞋或球鞋難道就沒辦法騎腳踏車，沒辦法踩腳踏板了嗎？如果依照深圳航空這麼有創意的概念，在天馬航空的飛行員們，沒有一個人會開飛機了，哈哈。

套量完所謂的「制服」後，終於等到中場休息放飯的時間，我們班選擇的是11:50-12:35的第一個時段，原因無他，因為我們真的太餓了，大伙不到50分就已經擁到餐廳裡聊天等放飯。公司餐廳提供的是付費套餐，選擇不多，日式以及西式的套餐而已。天馬航空很誇張的在辦公室的各個角落裝有喇叭，大家原本還在猜想這喇叭是幹什麼用的，直到中午11:50分，喇叭發出學校下課的鈴聲時我們才恍然大悟。害我們這群老外笑到合不攏嘴，真不知道接下來的日子裡日本人還有多少誇張的事情能讓我們驚喜。

在我們C9上課的同時間，前一梯的老外們C8也一樣還在公司上課，只不過他們比我們早進公司半年左右。中午在餐廳吃飯時遇到了C8的老外們，彷彿像是「老鄉見老鄉，兩眼淚汪汪。」C8的同學們告訴了我們很多祕辛，也傳授了很多如何在日本以及天馬航空生存下來的祕笈。講了很多很多、很多很多……但我們最後只注意一個重點，就是C8班上原本十個人，現在只剩下六個人而已。換言之，其他人都被公司幹掉回家了。這真是晴天霹靂的大噩耗啊！蒐集完情報，乖乖的回到教室上課，詹姆士心裡虔誠祈禱——拜託，今天別再有什麼驚喜了，大佬我，今天沒辦法再承受任何打擊了啊。

04 德國怪咖——甘特

　　談談班上的同學吧，在訓練期間和詹姆士最要好的同學是老美Dragan。他住在美國洛杉磯（LA），他老兄前半輩子其實是個比利時人，住在布魯塞爾；後來討了個美國老婆有了美國護照，後半輩子突然就變成了美國人。老美之前在大韓航空飛了十幾年，大約在詹姆士現在這年紀時就進了大韓航空當外籍機長，三年前從韓國退休後就沒有繼續飛行了，只是現在美國老婆變成了前妻，有了贍養費的經濟壓力，逼得他只能重操舊業、復出江湖，回到了飛行線上。很巧的是，班上的韓國佬J.J當年剛進航空公司飛行時，跟老美一起在大韓航空待過，還曾經當過老美的副駕駛一起飛行過。

　　老韓J.J跟詹姆士一樣是個自訓的飛行員，比我大五歲，今年44歲，住在韓國首爾。1998年從美國拿到商用飛行執照回到韓國後就進入了大韓航空，在大韓航空當了十幾年副駕駛升不了機長，最後傷心地黯然離開大韓航空到大陸的翡翠航空飛747貨機。後來韓國的廉價航空Estar Jet（易斯達航空）開航，用低薪招募這些長年沒升機長卡關的韓國籍副駕駛，讓他們以副駕駛身分加入公司當機長。但是也因為低薪的關係，J.J現在才會跳槽到天馬航空。從訓練結束後一直到現在超過三年了，J.J一直是我在公司最要好的朋友，我們兩個相依為命到現在。至於J.J為什麼會變成大佬在公司最要好的朋友呢？繼續把故事看下去你們就知道了。

　　老墨Ruben（羅賓），墨西哥人，到天馬航空前在大陸的春秋航空飛行，他在春秋航空的薪水一個月有兩萬塊美金，但

最後還是受不了大陸的工作以及居住環境決定離開。老墨其實沒什麼好講的，因為他是最早被淘汰離開我們班上的同學。不過老墨還在班上的時候最喜歡挑釁我，他沒事老愛說Taiwan is China，故意挑撥民族情節。當然詹姆士絕對不是省油的燈，事實證明跟我作對的人都沒有好的下場。

最後要花點時間好好聊聊班上的怪咖德國人Gunther（甘特），他不但是個徹頭徹尾的怪人，而且還是班上所有同學公幹的頭號公敵。了解詹姆士的朋友們都知道我不喜歡德國人，這絕對跟希特勒沒有任何關係。因為大佬這輩子遇到的德國人都是腦袋或行為有問題的怪人，班上的甘特當然也不例外。這個甘特，嗯！該從何說起呢？他五十多歲，自稱以前是東德空軍米格機的飛行員，後來因為游泳長才被國家徵召參加不知道哪一年的奧林匹克運動會（奧運）游泳項目，還拍過不少游泳教學片，這點我們同學們在YouTube上面得到過證實。

甘特不但是游泳大師，還是個非常偏激的愛國主義者，總是活在話說當年的輝煌時代，認為德國是全世界最強大的國家。他不喜歡飛民航機，喜歡飛戰鬥機，常跟班上的老美起衝突說些很奇怪的話，例如要殺光美國人之類的話語。真不知道這種嚴重心理變態的偏激分子是怎麼當上民航機師的？甘特還誇口換過了三十幾家航空公司，我們一直覺得很唬爛，意思是說從他部隊退伍後每年要換兩家公司嗎？有一次在上飛機標準操作程序（SOP）課程時，他還激怒了全公司脾氣最好的教官。甘特花了半個小時跟教官吵架，說公司的操作程序不好，他要飛自己的操作程序！好消息是，這個心理變態的德國佬甘特，在日後模擬機訓練時被公司開除滾回德國了。他是第一個因為個人問題被公司開除的外籍機長。親愛的讀者

們，如果你們有天搭到外籍航空公司的飛機，聽到機長廣播：Captain "Gunter Swartz" speaking……請開始祈禱吧！

甘特的偏激行為不只在課堂上而已，剛開始上課的前幾天，我跟老美、甘特既然住同一棟大樓，所以早上都一起搭地鐵進公司上課，不過幾天後甘特就不再和我們一起搭車了。原因我們不在乎，反正是件好事～嘿嘿。記得那幾天和他一起搭地鐵時，他總是愛幹譙日本人。因為東京的地鐵總是人滿為患擠到爆，他看一次罵一次，老說日本人為什麼不學學他們德國，每間公司自由休假，自由調整上班時間，這樣地鐵就不會每天早上被人潮擠爆。搭單軌列車的時候又開始罵說日本人真的很笨，單軌列車是非常非常落伍的東西，他們德國幾十年前早就不使用單軌列車了，日本居然落後到還在使用！有天，甘特硬要買咖啡在地鐵上面喝，我們那時因為剛到日本不懂地鐵規定，勸他不要。我們勸他說搭了那麼多天地鐵也沒看到有人在車上喝飲料，不管規定可不可以喝，入境隨俗也是對人家的尊重。甘特不管，在月台上和我跟老美吵了起來，硬是買了杯咖啡上地鐵喝，結果上班時間人擠人，咖啡在車上被打翻了，甘特還跟小日本吵了起來。

甘特的怪異行為遠不只這些而已，他在公司的幾個月裡從來不到餐廳吃飯。他不吃亞洲食物、不吃米飯、也不吃麵，到日本後只吃三明治而已。我們問過他，既然你如此討厭亞洲討厭日本，為什麼還要來這裡飛？甘特默默不語。詹姆士也討厭日本，但是我只是單純不喜歡日本人的行事風格，不喜歡在日本工作。工作與旅遊完全是兩碼子事，如果問我到日本旅遊好嗎？我會說：非常棒的選擇！

05 甘特的Sony耳機

　　訓練初期，我與J.J、老美跟老墨四個人都會利用休假的時候一起出去走走，探險東京，至於甘特，我們就把他給放生了。剛開始我們一起出去時，會輪流到每個人國家的美食餐廳吃飯。所以大佬雖然人在東京，卻嘗過道地的韓國料理，也吃過正宗的墨西哥餅Taco，至於美國菜……老美說：「我們到麥當勞去吧。」

↑假日我們四人最常一起出門探索東京（訓練期間拍攝於銀座街頭）

我們四個人到餐廳吃飯時，店家都會不約而同問我們哪裡來的？剛開始我們四個人都得解釋很久，說明我們四個講不同語言的人為什麼從不同國家來到這裡。久而久之，我們也覺得很好玩，開始會故意互相亂報國籍作弄起店員。

↑四個人探索美食

老墨與甘特進公司不到半個月就交了女朋友，甘特甚至搬到日本女友家跟日本女友同居。至於老墨則是交了想學英文的日本妹，每天上課時就跟我們炫耀他當日的把妹戰績。老墨還說，他在大陸春秋航空的時候有認識兩個18歲的女大生，都因為看他是外國人想學英文而跟他搞在一起，真是禽獸不如！看來喜歡嗑洋屌的事情不只是發生在台灣崇洋的西餐妹身上而已，亞洲其他任何國家都一樣。只要皮膚不是黃的，頭髮不是黑的就比較厲害。後來因為老墨交了女朋友，我們四個一起出

門探險東京的機會就越來越少了，到最後變成我跟老美每天綁在一起；上班一起、下班一起、休假一起、吃飯一起，兩個人一組，好個父子檔。

有次休完假的隔天，上課前大家正開心的聊著天，老墨正在炫耀哪個日本妹昨晚跟他回家的時候，只聽到甘特在那裡喃喃自語，感覺是在罵人。我們問他發生了什麼事情？甘特則回說他昨天到東京銀座去找Sony Building（索尼大樓），我們四個人同時瞪大眼睛看著他並且異口同聲的說What？What Sony Building？甘特說索尼的總公司就在東京銀座，有座大樓整棟都是索尼的。我們急忙問他去索尼大樓要幹麼，甘特說他要去找設計耳機的工程師，讓我們四個真的是越聽越糊塗。甘特解釋，他多年前買到一副索尼耳機，那種幾百塊台幣掛在耳背，運動時可以使用的耳機，他覺得非常好用，是少數他用過感覺音質很棒的耳機，但是有些小瑕疵美中不足，所以他覺得必須要去找設計這耳機的工程師跟他溝通，請他們改善這耳機。這德國佬是不是真的有病啊？

後來甘特到了索尼大樓，跟大樓管理員在樓下大吵一架，因為人家不讓他上樓找工程師。甘特遲遲不肯離開，還在現場叫囂：「在我們德國這是很正常的事，你覺得BMW車子哪裡開不爽，你可以直接走進BMW找設計師跟他溝通。」我聽你在放屁啦！有病要去醫院找醫生，而不是到索尼找設計師OK。

又有一次，甘特午休前跟我們說他要去公司附近的郵局寄手機回德國。大家吃完飯開開心心回到教室準備下午的課，但是都到了上課時間甘特還沒有回來，於是我急急忙忙殺到郵局找人，怕他又跟人吵起來了。果不其然，大佬趕去時他正在跟

人吵架。經過了解後，原因出在日本規定跨國郵寄包裹不能寄送電池。郵局行員問甘特郵寄的內容物是什麼，甘特回答說有手機，於是行員再問甘特有沒有裝電池，甘特回答說有。這樣郵局依規定當然不給寄，結果他就在郵局跟人吵了起來，堅持要寄。唉～當初體檢甘特的醫生，你也應該堅持點，送他去看病啊！

↑位於銀座的Sony大樓

　　像甘特這樣的怪咖，你一定認為公司長官都非常討厭他吧，哼哼，那你就錯了。甘特常常會笑嘻嘻的去找公司的長官聊天，有時還會帶禮物。地面學科後期，公司要安排模擬機訓練配對的時候，因為大家都不願意跟怪咖甘特同一組，分別偷偷摸摸的去找訓練部門的主管「喬事情」。當時訓練主管還很疑惑的問我們：「甘特這麼nice，這麼有禮貌的人，為什麼你們都不願意跟他一組呢？」好險，甘特的偽善沒過多久就被公司給拆穿了，哈哈！

06　莎呦娜啦　老墨

　　經過大半年的煎熬，無數次垂死邊緣的考試，地面課程終於接近尾聲。有天公司主管把老墨找去談話，結果他臉色鐵青地飄回來，讓大家緊張地追問到底發生了什麼事。原來是前幾天公司送我們去體檢，今天報告出爐指出老墨右邊耳朵有問題，無法通過體檢。這代表好不容易撐過了大半年，在公司當了半年的俗辣，白領了六個月的底薪，白白跟小日本鞠了180天的躬，現在卻要被公司退訓了。頓時間教室鴉雀無聲，空氣彷彿凝結一般，大夥一時也不知道該說些什麼才好！事後，公司雖然又給了老墨一次機會到醫院複檢，可惜他還是沒能通過，就這樣成了我們C9班上第一個壯烈犧牲的機師。

　　老墨被淘汰的低迷氣氛似乎沒有延燒太久，就只是某天早上再也沒有出現在班上而已，悲傷的氣息並沒有蔓延。課照上、午餐照吃、地鐵照搭、甘特照樣討人厭，或許是考試的壓力太大，大家都自顧不暇了吧。這30%的淘汰率……感謝老墨幫大家分攤掉了一點趴數，肛溫喔～！

　　老墨被公司幹掉回家吃自己後，班上就剩下四人，剛好模擬機配對兩人一組可以湊成兩組。問題是，誰會倒楣到跟甘特同一組呢？是我、還是老美、又或者是J.J呢？大家都在期待著，希望自己不是那個衰咖。

　　地面的學科課程結束後，就要準備進入不見天日痛苦的模擬機世界了。「模擬機」顧名思義，就是模擬真飛機的機器，除了不能真的飛上天外，任何真飛機能做的事，模擬機都可以

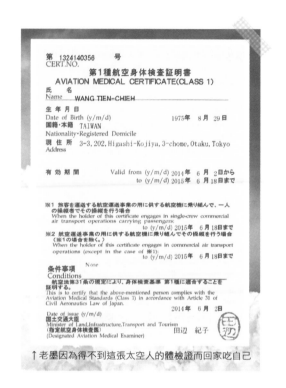

第 1324140356 号
CERT.NO.
第1種航空身体検査証明書
AVIATION MEDICAL CERTIFICATE(CLASS 1)
氏　名
Name　WANG TIEN-CHIEH

生 年 月 日
Date of Birth (y/m/d)　　　　　　1975年　8月　29日
国籍·本籍　TAIWAN
Nationality·Registered Domicile
現 住 所　3-3, 202, Higashi-Kojiya, 3-chome, Otaku, Tokyo
Address

有 効 期 間　　Valid from (y/m/d) 2014年　6月　2日から
　　　　　　　　　　to (y/m/d) 2015年　6月 18日まで

※1 旅客を運送する航空運送事業の用に供する航空機に乗り組んで、一人
の操縦者でその操縦を行う場合
When the holder of this certificate engages in single-crew commercial
air transport operations carrying passengers:
※2 航空運送事業の用に供する航空機に乗り組んでその操縦を行う場合 2015年　6月 18日まで
（※1の場合を除く。）
When the holder of this certificate engages in commercial air transport
operations (except in the case of ※1):
　　　　　　　　　　to (y/m/d) 2015年　6月 18日まで

条件事項　　　None
Conditions
航空法第31条の規定により、身体検査基準 第1種に適合することを
証明する。
This is to certify that the above-mentioned person complies with the
Aviation Medical Standards (Class 1) in accordance with Article 31 of
Civil Aeronautics Law of Japan.
Date of Issue (y/m/d)　　　　　　2014年　6月　2日
国土交通大臣
Minister of Land,Infrastructure,Transport and Tourism
(指定航空身体検査医)
(Designated Aviation Medical Examiner)　　田辺　紀子

↑老墨因為得不到這張太空人的體檢證而回家吃自己

模擬的出來，而且不會墜機。模擬機訓練就是透過模擬機把一個不會飛該機種的飛行員，透過模擬訓練強化至熟能生巧，懂得如何操作該機種，並進行故障排解，最後再透過跟民航局的考核官考試取得該機的機長執照。

　　一般新訓的飛行員，波音或是空中巴士對於機種訓練的模擬機課程，大概只需要八堂課，每堂課四小時的模擬機訓練（總共約32小時）。換做是我們這種原本就已經飛過該機種的飛行員（on type），有些公司只要兩堂模擬機的公司差異訓練就搞定了。而天馬航空卻硬生生的排了我們16堂模擬機的課。

　　公司會這樣安排模擬機訓練，罪魁禍首就是日本的民航局。小日本沒安全感，卻有大日本帝國的優越感，不信任其他國家的訓練以及考照機制。所以即便詹姆士以及班上四位同學在進入天馬航空前就已經是飛波音737的機長，日本還是當成我們不會飛這架飛機，一切要從頭訓練起。就好比說令狐沖已經會了十八般武藝以及獨孤九劍，但進了少林寺還是要從站馬步開始學起！所以原本不需要的飛機系統地面課程，現在有了；原本只需要兩堂模擬機的課，硬生生變成了16堂。附帶一提，世界上大部分的國家都不接受台灣飛行員的執照，日本也不例外。因為台灣不是世界民航組織的會員國。講難聽點，台灣的飛行執照是山寨照，自己承認飛爽的。就如同大佬上本書中所提及的，我能到那麼多國家飛行，是因為我拿的是美國的機長（ATPL）執照。也因為如此，我是唯一在日本執業的台灣籍機長。

　　公司公布了模擬機的配對，詹姆士很幸運的沒有跟變態甘特分在同一組，而是跟老韓J.J同一組。在進入模擬機訓練前，某次上課時這個自大狂甘特與我意見不合大吵一架，在那之後我們便進入冷戰時期，堅持三不政策：不聽、不說話、不正眼看。在模擬機訓練期間，我跟J.J培養出很棒的默契，成了很好的朋友，或許是我們的背景跟年紀都差不多，模擬機訓練時大家都合作無間，一起咬緊牙關撐到了最後的模擬機考試。而老美這次抽到了下下籤，被分到跟甘特同一組，記得那時老美常跟詹姆士抱怨，甘特在模擬機訓練時幹出的各種荒誕之舉。

　　如同詹姆士所說，我跟J.J的訓練一直都很順利，雖然與J.J比起來我總是那個令教官牙癢癢的人，但技術本位的我總是能

關關難過關關過。有天大佬跟J.J正在準備飛模擬機前的課程簡報時，指導教官突然說今天有公司的模擬機教官要來觀察我們的訓練。我倆嚇了一跳，什麼！公司派人來督察我們，是不是我跟J.J犯了什麼錯誤？結果那天的模擬機訓練因為有位不速之客坐在後面觀察，我倆表現的不是那麼理想。

　　訓練結束後，我跟J.J兩個人在簡報室「剎勒等」。這位「監督」我們的教官說話了，說我跟J.J的表現非常非常好，比他現在帶的那組學員好上十倍。原來，他是老美跟甘特的教官，他們倆是這位教官的第一組學生，老美跟甘特在模擬機裡狀況連連，課程根本走不下去。每次教官試圖教甘特公司的飛行程序時，甘特的意見就會像雪花般飄來；而老美則是年紀大了，學習能力比較遲緩，因此他們的教官想看看別組學生的訓練狀況來衡量老美跟甘特是否正常。在觀察了我與J.J的模擬機訓練後，隔天老美跟甘特就被停飛了，模擬機訓練暫時中止。這，是我們害的嗎？

↑飛行員的辦公室也是浪漫的

07 莎呦娜啦 甘特

　　我跟老美一直很親近，因爲老美就住在詹姆士樓下，我們有很多時間可以常常串門子，或是常有機會一起到家附近的東京車站地下街吃飯。但隨著模擬機訓練的課程越來越繁重，與民航局官員考試的日期也越來越近，同學就像是同林鳥，大難來時各紛飛。

↑ 飛行員戲稱為恐怖箱的模擬機外觀

在老美與甘特訓練被停止的幾天後，有天晚上老美跑來找大佬，跟我說公司給了他們一次機會，明天下午航務部副總要親自監督一堂他們模擬機的課（註1），再決定是否要讓他們繼續訓練或是「放生」。那天晚上老美跟我討論了一整晚的功課，詹姆士則是把畢生應付模擬機訓練的絕活全部傳授給了老美，希望他明天可以順利的過關。隔天大佬與J.J晚上也有模擬機訓練，巧的是我與J.J的模擬機時段正好在老美的後面，這樣一來明天剛好可以遇到他倆，就可以知道他們倆的考核結果了。

隔天我與J.J提早到模擬機旁等待著老美訓練結束。不一會功夫模擬機停了下來，老美與甘特跟著公司航務部副總走了出來，我與J.J雙腿夾緊五指緊扣貼緊褲縫，向副總行九十度鞠躬禮，副總則是奸笑著離開。甘特看到我，居然自動解除冷戰模式主動跟我打招呼，還問我最近過得好嗎？這驚人的舉動讓我嚇壞了，明明形同陌路的兩個人，怎麼他會跟我打招呼？甘特走後老美隨即走了過來，他頂著一副苦瓜臉邊走邊嘆氣搖頭，額頭滿是汗地用眼神跟我們示意了一下。頓時我與J.J有了默契，大概知道發生什麼事了。後來回想起甘特會跟我打招呼，原來是「人之將死，其言也善」。

晚上詹姆士的訓練結束後，回家立刻找老美詢問到底發生了什麼事。老美說：「今天短短四小時的模擬機訓練，甘特至少上了五次廁所（註2），導致今天的訓練進度根本無法完成。」因為每一次上廁所模擬機就必須關機再開機，資料再重新設定，耽誤至少十分鐘以上。再加上甘特飛行時總是以自己為中心完全不跟老美討論，終於讓公司高層發現甘特的確是個非常危險，且無法靠訓練就能改善的飛行員。公司今天立刻做出了

開除甘特的決定，即刻生效。這個討人厭的甘特慢走不送，成為我們C9班上第二個Game over的人。

　　至於老美，今天的錯公司不怪他，讓他繼續訓練，畢竟也只剩下兩三堂課就到最後的魔王關卡，跟民航局官員考試。而失去甘特的老美幸運的得到C8同樣也失去拍檔的機長一枚，兩人湊成一對繼續闖關。眞是恭喜老美了！

✈（註1）航空公司通常有航務、機務、運務、業務、空服等部門，飛行員由航務處管理。至於飛安室、訓練室等等，則是在航務處底下。

✈（註2）所有航空公司慣例，一堂模擬機的課是四小時，兩小時為一個單位，中場休息十分鐘讓組員可以上洗手間或者是喝水休息一下。

↑訓練時永遠念不完的書

08 挑戰大魔王

　　在老墨以及甘特陸續離開公司後，我跟J.J也緊鑼密鼓的準備接下來要挑戰的大魔王：波音737機種考核。大佬這裡簡單介紹一下機種考核的流程。整個流程公司安排八個小時，開頭是一個小時的口試，最後有一個小時的考官講評，中間則是安排六個小時的模擬機飛行考核，每個人三個小時。

　　首先上場的一小時口試，民航局考試官會就日本民航法規、飛機系統、性能、緊急失效程序等進行口試。口試時公司也會派天馬航空自己的考官在現場監督，這間變態的公司只要自己的考官不滿意，哪怕是民航局考試官讓考生通過考試，考生還是有可能被公司的考官淘汰出局。就這樣，小小一間簡報室擠了連同兩位考試官在內的四個人，壓力之大可想而知。口試通過後才可以進到下一關模擬機考試，模擬機考試時，公司還會再派一位教員操作模擬機，民航局考試官則在旁監督評分，公司考官也繼續在現場監督，小小的模擬機艙擠滿人，教官比學員多。任何民航局考試官認為學員沒有達到要求的標準，隨時可以中斷考試。公司有很多外籍機長甚至還沒進到模擬機，在口試這階段就已經被淘汰了。

　　外籍機長想要順利在日本飛行必須要挑戰兩大魔王，第一個關卡就是大佬剛剛解釋的模擬機機種考試，這個考試通過後會領到日本民航局發的「民航運輸駕駛員執照（ATPL）」。執照上有標示B737，意思是領到在日本當機長飛波音737的資格。當然這只是資格而已，好比只是拿到了門票。

↑訓練期間詹姆士每天挑燈夜戰

　　日本的航空法規有別於一般國家，其他國家規定只要拿到了「民航運輸駕駛員執照」就可以正式在該國執業飛行，之後雖然還有正式載客飛行的航路訓練，但這部分實屬於公司規定。在日本拿到了機長（ATPL）的門票後，還不能直接接受機長的載客航路訓練飛行，規定必須要先當副駕駛，等一段時間後再接受副駕駛考核，副駕駛考核通過後才能正式開始機長的訓練。光聽就覺得很煩了對吧？總之歷程非常之辛苦，而且在任何一個階段都有可能被淘汰，所以業界才說千萬別到日本飛行。

　　本以為詹姆士當年在美國學飛行考教官執照的那段時間，是我這輩子書念最多的時候。我錯了，我真的錯了。準備這次的機種考試才是我生命中最黑暗的深淵，如果大佬當年還是學生時照目前的念書法，詹姆士現在就不會躲在駕駛艙開飛機了，而是台大醫學院畢業的Dr.James。

　　再來談談和詹姆士考試息息相關的民航局考試官，日本航空或是全日空，公司內部設有民航局的委任考試官，也就是說民航局委任公司裡面的教員機長當考核官。這樣一來公司裡的飛行員就不用直接跟民航局官員考試，而是跟自己公司的考官考試。照常理來說，大家都喜歡跟自己公司的考官考試，一來是見面三分情，二來公司考官通常比民航局考官要來的通情達理。這很普遍，台灣每間航空公司也都有民航局的委任考官。這就好像在台灣考汽車駕照，你想去監理站考照，還是喜歡教練場的原地考照呢？

　　有兩位在天馬航空非常出名，公認非常討厭我們公司的殺手級民航局考試官，跟他們考試的淘汰率是二分之一。公司公布我與J.J考試日期跟考官姓名的前一晚，詹姆士還特地去了趟日本的飛行神社參拜，隔天好險沒抽中下下籤～阿彌陀佛。話說這兩位民航局考試官為什麼會如此討厭我們公司呢？據說當年他們被日本航空資遣，來到天馬航空求職，因為沒通過招生考試所以沒被錄取，之後他們轉考民航局的考試官，沒想到居然還真的考上了。考上之後被民航局派來督導及考核天馬航空。所以他倆把當年公司不錄取他們的怒氣全都發洩在新進的飛行員身上了。

↑日本飛行神社：飛不動尊

09 一樣米養百樣人，哪裡都會遇到壞了粥的老鼠屎

詹姆士與J.J很幸運的通過了第一關的大魔王考驗，順利拿到了ATPL（民航運輸駕駛員）執照，接下來要準備進入載客飛行的航路訓練。拜日本民航局行政作業緩慢所賜，等待執照發放的期間，我跟J.J放了十天的大假，因為沒有執照是不可以飛行的。而在這之前為了準備考試，我們已經有好幾個月沒有回家了。

↑ 日本ATPL執照

題外話，休假返台的當天晚上，有位叫做尼歐（Neo）的死黨打電話給大佬，說他約了幾個華航的妹妹吃晚餐，還正巧在我「家」附近。通常詹姆士休假當天晚上是絕對不出門的，況且尼歐連妹妹們都沒見過也沒做身家背景調查，完全是處於敵暗我明的狀態。無奈尼歐居然撂話：

「出來吃飯就是兄弟，不來吃飯就是弟兄，要當兄弟還是弟兄就看這一把了！」身為兄弟只好勉為其難的出門相挺。到了餐廳後見到其他被尼歐召集來的兄弟以及今晚的主角妹妹們，哇！眼睛為之一亮，有些東西還是得眼見為憑，感謝尼歐今晚讓我當你的兄弟了，嘿嘿。於是詹姆士老毛病再犯，技癢想試試身手好確定自己寶

↑詹姆士與老婆交往時拍的照片

刀未老，沒被小日本的訓練消磨掉一身絕技。隨即問了坐在大佬對面的妹妹：「妳累嗎？」妹妹滿臉疑惑的看著我。我說：「妳跑那麼久不累嗎？」妹妹說：「沒有啊，我們搭計程車來的。」我說：「妳心裡那頭小鹿跑來跑去不累嗎？一定是看到我害妳心裡小鹿亂撞喔。」後來這位認為詹姆士是個瘋子的妹妹，變成大佬現在的老婆，害大佬現在……再也沒辦法試身手了！

　　言歸正傳，休完大假、把到馬子、領到了ATPL執照。如大佬上一篇所講，我們必須在公司先當副駕駛，等副駕駛資格考試通過後才能正式進入機長的航路訓練。詹姆士運氣很好，我與J.J在訓練的時期公司正好鬧機長荒，所以只勉強讓我們當了半個月的副駕駛，就趕緊安排我們考試，讓我們能進入機長的訓練。我們之後的班級運氣可就沒那麼好了。公司規定之後

的班級要當兩個月的副駕駛才能考試。公司有很多像詹姆士一樣在世界很多國家飛行過的外籍機長，有些老外甚至當了一輩子的機長，結果在考副駕駛的時候被公司淘汰。每次我們老外遇到時都會互相調侃：「We've been fly all over the world for whole life, but we can't even be a co-pilot in Japan.」（我們在世界各國飛了一輩子，卻連在日本當副駕駛的資格都沒有）。

從進公司的第一天起，公司的老外機長就跟我們耳提面命，告訴我們：「GaiJin always protect Gaijin（註）（老外永遠保護老外）。」讓我們知道在天馬航空裡我們老外就是一家人。然而一樣米養百樣人，這個道理走遍天下舉世皆然，到哪裡都會遇到壞了那鍋粥的老鼠屎。這次這顆老鼠屎是個俄羅斯的混球。

詹姆士到現在都還記得，大佬第一趟副駕駛的航路訓練是跟俄羅斯的教員機長一起飛行，想到能跟老外一起飛行讓我心情整個大好了起來。哪知從上飛機開始就一直被這俄國佬找麻煩到處刁難，把我當成剛從航校畢業的年輕副駕駛似的。

不過，即便如此也不應該以這種態度對待副駕駛。巡航時俄國佬問我年齡，我告訴他我快四十歲了，結果他居然說：「You should have tell me earlier（你應該早點告訴我）。」我反問他：「Does it make any difference?（講了有什麼差別嗎？）」我再告訴這個俄國佬：「這架B737詹姆士已經飛了六千多小時，老子的總飛行時間快要一萬（寫作至今早就破一萬小時）。」之後這個俄國佬的態度突然一百八十度大轉變。

關於詹姆士長了一張娃娃臉，導致走到哪裡都對自己造成很大困擾的問題，詹姆士在本書中或是第一部曲時都有反覆提到過，真是萬般無奈。難道長得像大學生也是個錯嗎？尤其飛行員的能力完全就不應該是以年齡作為判斷依據，看看天馬航空這些快六十歲的副駕駛們就知道，等讀者們看完大佬這本書後再告訴我，以年齡當依據判斷飛行員能力正確嗎？

落地後，我很快的跟兄弟們打聽了一下這個俄國混球的底細。原來這個俄國佬在我們老外的班表上是天字第三號，意味著他是全公司第三資深的老外，難怪敢這麼「嗆秋」。同事還告訴我，這個俄國佬在公司飛波音737領天馬航空薪水，每次休假回俄羅斯12天，在俄羅斯航空公司飛波音777領另外一份薪水。我的媽呀！還可以這樣搞喔，俄羅斯人真的是要錢不要命。撇開休假這部分不談，這個老俄其實已經違法了，在日本，飛行員一個月不能飛行超過100個小時，我們老外每個都飛八、九十小時，像他這樣兩頭飛早就嚴重違法超時了。真是世界之大無奇不有，每天都有新鮮事啊。

✈ 註：GaiJin是日語非常口語話「外國人」的意思，類似「阿兜仔」。

10 莎呦娜啦 老美

　　航路訓練如火如荼的進行著，詹姆士一方面要對付繁重的訓練，一方面要應付剛交往的女朋友，完全忘了老美還在卡關著，連第一關魔王的模擬機考試都還沒通過。

　　不過老美要找詹姆士也沒那麼容易，天馬航空老外機長的班型，一般來說都是連飛六天休一天，一天飛兩到四個落地不等。飛出去一趟約五天左右的班（配合一趟一天短班），五天四夜繞著日本跑。今晚北海道穿大衣還覺得冷，明晚就到了沖繩穿短褲還會流汗。像大佬這種衰咖運氣背一點的，一輪出去六天的班，一星期後才回家。所以詹姆士雖然住址在東京，但是加上每個月固定連續休假12天回台灣，實際住在東京的時間根本沒幾天。有時想想，租這公寓實在有點浪費。

　　有天晚上詹姆士才結束環日一星期的班回到東京，老美就難過的跑來找我，告訴我他今天闖關失敗！模擬機考試的第一個口試階段就被民航局考試官給淘汰，認為他準備的不周詳。詹姆士平心靜氣客觀的說，在日本根本沒有所謂的「準備好」這回事！永遠沒有念得完的書，只能盡量念，念多少算多少，然後祈禱平常有積功德或是祖上積德遇到好考官或好考題。看老美這樣，我不禁悲從中來，這麼老了還要受到如此苛刻對待，真不知道我們大家當初到底是為了什麼，被騙來這個恐怖的國家、這種難搞的公司。希望詹姆士到了老美這年紀時不要遭受如此對待啊。老美告訴我公司願意再給他一次機會補考，時間定在半個月後，代表老美有半個月的時間可以好好燒香拜

佛、或是念經。

　　半個月後詹姆士結束飛行回到東京，老美跟我說他今天補考，過程雖然不盡理想，但民航局考試官還是讓他通過考試，老美轉述考試官宣布他通過考試那剎那整個人彷彿飛到了天堂。然而幾分鐘後公司卻又告訴他，認為他對公司的Standard call out（標準喊話程序）不熟悉，所以即便民航局的魔王讓他過關，公司還是堅持不讓老美通過這考試，老美瞬間從天堂跌到了地獄，心情像洗三溫暖。

　　小日本非常的變態，寫了一套狀況劇「劇本」，要所有飛行員在飛機遭遇任何正常、不正常狀況時，像演戲一樣把這劇本裡的台詞一字不漏、百分之百正確的照順序演出，把飛行員訓練成設定好只會服從命令的機器人。重點是飛行的狀況百出，怎麼可能完全照著劇本演出呢？所以說小日本飛行員很會考試，考試大家都很厲害，實際到了線上每個人都飛的亂七八糟。

　　只因為劇本的台詞沒背好就被自己公

↑再見了老美

61

司宣告闖關失敗的老美，遇上公司大開佛心，決定給老美再加三堂課的模擬機訓練，訓練結束後安排公司考官考試，這次只要通過公司考試就可以開始線上載客的航路訓練。十天後老美收到了日本民航局的APTL執照，但是卻意外的被公司淘汰了。成了公司極少數已經領到了日本民航局發的執照卻還是被公司淘汰的機長。這種事情地球上也只會發生在日本了。千辛萬苦招募來的外籍機長，讓人白領了將近一年的薪水最後卻只有三成的人可以過關，錢都花在沒有必要的訓練上面，公司卻毫不在乎，難怪公司會破產倒閉，真是一點都不意外。

公司沒給被淘汰的機師太多時間離開日本，這天老美打電話給詹姆士要請我吃「最後的晚餐」，可惜大佬正流浪在日本哪個不知名的城市，沒見到老美最後一面，這個遺憾讓我一直難過到寫書的這個當下。老美，正式成為我們C9班上第三位被淘汰回老家的機長。

↑與老美的合照

11 停留在神風特攻隊時期的駕駛艙文化

在日本當副駕駛真不是人過的日子，我們雖然都已經是非常有經驗的成熟機長，但在公司當瘋三副駕駛的訓練期間，日本籍的機長完全不把我們這群老外當成機長放在眼裡看待，甚至不給我們一丁點該有的機長尊重，硬生生把我們當成他的副駕駛來使喚。

日本的駕駛艙文化及傳統，說是世界上最糟糕的國家一點都不為過。大佬個人認為日本的駕駛艙文化還停留在神風特攻隊時期，機長就是皇帝，機長說的話就是聖旨，在駕駛艙裡面要看機長的臉色過日子，這也難怪日本出了那麼多的飛安意外。天馬航空規定普通機長是不允許讓副駕駛執行起降的，副駕駛只有在跟instructor pilot（教員機長）飛行的時候才被准許操控飛機起降。一般機長除非經過指定的訓練加上模擬機考核，成為「Guidance Captain（指導機長）」，這時候才可以合法給副駕駛起飛以及落地。不過即使有這規定，日本籍的教員機長平常也不怎麼喜歡給副駕駛飛行。搞的天馬航空的副駕駛雖然是國內線的飛行員，平均一個月飛60到80個起降，實際上卻像是飛航國際線的機師一樣，每個月自己能執行到的落地卻只有兩三個而已。

日本民航局有項規定，如果三個月內飛行員沒有落三個落地的話，必須要進到模擬機裡面做落地訓練，確保執照有效（這部分大多國家民航法規定都一樣）。我們公司有很多副駕駛三個月居然都落不到三個落地，必須要再回到模擬機裡面做

First Officer Guidance Captain Appointment

Capt. WANG JAMES(35177)

This is to announce that you have been
appointed to the First Officer Guidance Captain.

JUL. 27, 2013

TERUO ONO

General Manager
Training & Check Pilots Dept.
Skymark Airlines

↑Guidance Captain資格證書

落地的訓練。光這點大佬講給很多台灣的飛行員聽，大家都大
感不可思議，笑掉每個人的大門牙啊。

　　好險我與J.J痛苦的副駕駛訓練期並不長，一星期後在還沒
飛滿公司所有航點的情況下就接受了公司的考試，順利通過能
進級到機長航路訓練的階段了。原以為日後在天馬航空都不必
再當可憐的副駕駛，沒想到公司因為缺人，時常需要兩位機長
一起飛（我們稱做雙機長派遣），詹姆士終究還是脫離不了偶
爾要當副駕駛的命運（註）。

　　日本人的民族性非常堅強，不像台灣的航空公司，認為外
國來的和尚才會念經。台灣的航空公司對待外籍機師就像是寶

物一樣，視本國籍機師如糞土，在日本則完全相反。對日本人來說，我們這群外籍機長就只是幫他們打工的老外，小日本覺得自己飛行最屬害，我們老外不會飛行。日本機師即便飛行犯了錯誤，小日本也都會極盡所能的保護自己人；在台灣台籍機師犯了錯誤，航空公司主管胳臂只會往外彎，嚴懲台籍機師。

　　詹姆士在天馬航空當機長的頭一年，因為飛行員人力嚴重不足，公司經常有雙機長派遣的情形。只要排到跟日籍機長一起飛，我們老外永遠只有坐在右座當副駕駛被整的份，後來我們這些外籍機長集體跟公司抗議，公司才妥協改變了雙機長派遣的遊戲規則。如果老外跟日籍機長一起執行雙機長派遣飛行，大家就輪流平均分配當副駕駛的天數。例如一輪四天的班，每人各當對方兩天的副駕駛，如果是奇數天例如五天的班，小日本則還是多當一天的機長。這樣的新派遣政策下來，小日本收斂了非常多！假設老子今天當你的副駕駛被整，沒關係啊！「修賭誒丟」。兩三天後換你當我副駕駛，看我怎麼討回這筆帳！

✈（註）雙機長飛行在新成立或是急速擴展的公司是常見的情形，公司招募
　　會以招生機長為優先，因為雙機長可以一起飛行，機長可以當副駕駛使
　　用，但是兩個副駕駛可是沒有辦法一起飛行的啊。

If you sound good, you must be really good

12 如果你聽起來還不錯，你一定真的很棒

　　開始在日本飛行後詹姆士眼界大開，跟日本人飛行絕對是種極致痛苦。大佬先簡略談談正常的飛行任務，就從飛機起飛後大致是什麼樣子說起吧。一般來說，一位機師會負責操作飛機，我們叫做PF（Pilot Flying主飛駕駛）；另一位機師負責無線電通訊以及監視航電裝備，我們叫做PM（Pilot Monitoring副飛駕駛）。在天馬航空通常主飛駕駛都是機長，因爲副駕駛在大多情況下無法操作飛機（上一章有提過）。如果左座的機長擔任主飛PF，起飛自動駕駛接上、高度穿越一萬英呎之後，正副駕駛會收拾起飛時使用的航圖，順便整理一下裝備。接下來的爬升過程中，無線電開始比較沒有那麼繁忙，副駕駛則會拿出飛航紀錄本，填寫資料，主飛的機長則可以稍微輕鬆一下，如果沒有什麼特別的狀況，正副駕駛椅子已經往後退，開始聊著天……例如昨晚哪個馬子好正等等！

　　場景換到了日本，如果我是主飛（PF），起飛自動駕駛接上後，我什麼事情都不能做，大概20分鐘左右直到飛機到達巡航高度，除了眼睛盯著飛機儀表，就連收航圖這種花不到十秒鐘的事情，在日本通通不被允許。而日本副駕駛則是會乖乖的坐在副駕駛椅子上一動也不動，直到巡航高度。即便飛機到了巡航高度後，如果主飛駕駛PF要作任何事情，例如收航圖，擤鼻涕，低頭拿自己飛行箱的東西，都要把飛機先交給副飛駕駛PM操作。

　　若航行過程中飛機有轉彎的情形，例如左轉彎，副駕駛要

大聲喊出：「clear right, check left（右邊淨空，檢查左邊）」我則要回答：「clear left（左邊淨空）」如果這時飛機在雲裡面，副駕駛則要喊出：「right side in cloud（右邊在雲裡）」我的天啊，日本人有沒有腦筋啊？許多航空公司確實都有這樣的檢查程序口令，但僅止於飛機在地面上啊。飛機如果飛在雲裡面，我還需要你告訴我嗎？

　　詹姆士最受不了小日本的無線電的通話程序，當副飛駕駛做無線電通訊回答完航管的對話，主飛駕駛必須要喊「roger（收到）」，整個駕駛艙就在那邊roger來roger去的，嚴重影響飛行安全。很多時候本來聽得一清二楚的無線電對話，就被這roger聲影響，反而聽不清楚航管說些什麼。小日本說這樣做的原因是聽到主飛駕駛回答roger表示他有聽到剛剛無線電的航管指令。我的媽呀，如果主飛駕駛沒有聽到航管的指令，通話完主飛駕駛沒反應不就知道了嗎？這到底是哪些天才想出來的腦殘方法，居然還讓日本飛行員沿用到現在。重點是大佬上述

養成課程	受講票
	財団法人　日本無線協会

講習の種別	航空無線通信士
受講番号	2
期　　間	平成24年1月26日〜29日
フリガナ	
氏　　名	JAMES WANG

写真は、受講申し込み前6ヶ月以内に撮影した無帽、正面、上三分身、無背景、ふちなしのものを、裏面に講習の種別、氏名を記入し、貼付してください。

↑無線電通訊上課證

67

的所有程序都沒有條列在公司的標準操作程序裡，但如果你想要順利通過民航局或公司的考試，就必須乖乖照做。

詹姆士的航路訓練過程，有時會跟日籍的教員，有時會跟到自己人老外教員。如果跟老外教員一起飛行，這幾天的班就會非常非常的輕鬆，感覺是忙裡偷閒的小確幸，飛行本當如此，真不知道為什麼日本人可以把飛行這種輕鬆愉快的事情搞的又危險又緊張。跟日本人飛行就像是跟機器人飛行一樣，腦筋不會轉彎，每個人都只管自己負責的部分，詹姆士有好幾次在駕駛艙裡被小日本副駕駛氣到爆炸。舉個最簡單的例子，有幾次我讓副駕駛執行主飛，我則負責無線電通訊，我因為分心沒有立即回答航管的無線電通訊對話，副駕駛明明聽到了航管在呼叫我們航班卻毫無反應，像個傻子坐在那裡等著航管違規。我問副駕駛：「明明聽到航管在叫我們，我沒有回答，為什麼你不幫忙回答航管呢？」這老兄告訴我：「無線電是你的工作！」拜託啊哥哥，我們可是同在一條船上耶。也有好幾次我當主飛駕駛操作飛機，副駕駛在做無線電通訊的時候，詹姆士好心幫副駕駛把無線電的頻道調到下一個波段，副駕駛居然用手把我放在無線電頻道旋鈕上的手給拍掉，並大聲說：「This is my duty!（這是我的工作）」

每每只要跟老外教員一起飛行，老外就會教我很多如何對付航路考試的撇步，總而言之一句話：考試就是演戲，把戲演好考試就會過關。其中有位加拿大籍的教員跟我說過一句話，這句話一直到現在我都繼續傳授給後面新進公司的老外。他說：「If you sound good, you must be really Good（如果你聽起來還不錯，你一定真的很棒）」所以考試時無論在任何階段都

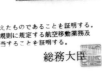

↑日本無線電通信士執照

要不斷的講話，「check left, check right」、「clear left, clear right」、「passing 高度xxx」、「高度改平xxx」、「roger this, roger that」、滑油正常、天氣正常等等等等，反正聽起來不錯就好，因為～如果你聽起來還不錯，你一定真的很棒。哈哈哈，日本人還真的很吃這一套！

講到無線電通話，讓詹姆士想起在受訓期間非常痛苦的一段日子。大部分國家對飛行員操作無線電的規定都一樣，只要有飛行執照即代表會使用無線電裝備，無線電這部分則免試免執照，台灣民航局規定也不例外。日本可大不相同，那時為了要考日本的無線電通信士執照，不但必須了解無線電設計以及構造，還必須精通摩斯密碼，記得考試前那幾天為了背摩斯密碼「滴…滴滴…滴…」滴到最後耳朵都出現幻聽了。詹姆士已過世的爸爸告訴我，他年輕的時候跟著部隊打共匪，是游擊隊的通訊官，專門負責收發摩斯密碼。小時候爸爸試圖教導我卻沒興趣學的東西，現在居然被日本人給教會了！

13 挑戰最終大魔王

隨著機長航路訓練接近尾聲，迎面而來的是最終的大魔王「機長航路考核」。只要這關通過了，就等於正式宣布漫長的訓練期結束，詹姆士不再是條日本人的走狗，恢復走路有風的機長身分（至少當時是這樣子想的）。

「航路考核」跟模擬機考核一樣，由民航局考試官執行（以下簡稱大魔王），考試通常安排東京到福岡，或是東京到北海道新千歲機場的來回班，主要原因是這兩個航段單次的飛行時間大約兩小時，往返加上地面等待時間五個小時左右，不長不短很適合考試。考試當天大魔王會坐在駕駛艙觀察員的位置進行監督，副駕駛則是由天馬航空的考官擔任。從報到開始大魔王就會一路陪同，觀察飛行員檢查天氣資料、飛機狀況、飛航公告等等，直到任務結束，如果大魔王認為今天的飛行測驗過關，便會在任務簡報室裡安排一個小時的口試。口試通過則會當場簽字，核准考生在日本飛行執業當機長。隨後大魔王會先行離開簡報室，剩下天馬航空的考官對考生進行最後一次口試，當然公司考官認為考生不適任，還是可以在這個臨門一腳的最終階段把考生給淘汰。（別懷疑，公司也有不少外籍機長在這階段被淘汰）

講到天馬航空的考官，大佬就要稍微解釋一下我們公司的派系鬥爭。基本上天馬航空的日本籍機長大部分都是來自日本航空（JAL）或是旗下子公司日本佳速航空JAS（Japan Air System），日本航空公司JAL在2011年合併了日本佳速航空

↑永遠的記憶～JAS日本佳速航空機身還可以看到母公司JAL的標誌

JAS，從此日本佳速航空就變成了吃二娘奶水長大的航空公司。JAL主要負責飛行國際以及日本國內重要航線，而JAS主要飛航日本國內線。這兩間航空公司的關係就好像是台灣的長榮航空與立榮航空，或是中華航空與華信航空的關係，唯獨JAL與JAS兩家航空公司飛行員的關係並不太好。

根據詹姆士親身經驗，由日本航空來到我們天馬航空的機長人多半不錯，而由日本佳速航空來到我們公司的機師大半性格嚴厲，個性多古怪。很可惜管理天馬航空的航務主管全都是從日本佳速航空來的，也因為主管們都是從佳速航空來的，升遷幾乎只找自己人，形成了天馬航空的公司考官幾乎都是前JAS機長的狀況。

不只民航局考試官有籤王，天馬航空自己的考官也有「籤王」。我們公司有三位籤王考官是前JAS的機長，其中最嚴厲的

是位名叫「安東」的機長。詹姆士這次的航路考試運氣很好，沒有抽中民航局的籤王，但是非常不幸的中到公司的大獎「安東」！

　　航路考試當天，詹姆士檢查天氣預報時預報說福岡下午會有大雷雨，心裡就在暗想「今天的錢難賺了」。果不其然，考試時航路上幾乎都是擋路的雷雨雲，詹姆士必須在航路上東閃西躲，如同在台北市開車一樣。下降前福岡機場使用16號跑道，詹姆士很快就把飛機導航電腦上所有關於16號跑道落地的相關資料全部設定好，正在暗爽「今天一切到現在都按照劇本演出」，沒想到無線電卻傳來航管的聲音通知我們要到空中某個地方去待命，原因是福岡機場的風向改變了，所以必須改變落地的跑道，所有空中航機必須先到某個空中的定位點待命。無奈公司的考官安東機長怎樣都無法在飛機電腦上找出這個待命點，大佬實在進退兩難，出手也不對，不出手也不對。最後為了避免航管違規，在不得已的情況下只好出手幫了安東一把。

　　好不容易躲過天氣，順利飛到了航管指定的待命點，飛機導航電腦也全部重新設定好準備降落34號跑道。但這時詹姆士回過神才發現，喔買尬！這個跑道在我訓練時從來沒有來過啊，怎麼飛都不熟悉何況是考試！可是這節骨眼上也沒有時間可以擔心了，詹姆士把飛機短暫的交給了安東，戰戰兢兢依舊照著劇本演出，小心翼翼地做了下降以及落地前的簡報。安東把飛機交還給詹姆士後隨即開始下降朝福岡34號跑道前進，這時無線電再度傳來航管的聲音，告訴我們福岡機場現在Microburst（微暴）當頭（註1），所以機場已經關閉了。搞什麼

飛機啊？大佬我飛行了17年，第一次真的聽到機場發布微暴警報，今天還是我的航路考試耶＃＄︿％＆！

　　航管再度給了我們一個航向，要我們飛去另一個定位點待命，等微暴消散後再行進場。這樣一搞又拖了半個小時，詹姆士看看剩下的油量再看看時間，告訴安東再多待命20分鐘我就必須要轉降到其他機場了，同時也告訴自己只要再多20分鐘今天考試就要被GG了。沒多久無線電裡傳出機場已經開場的好消息，詹姆士再一次設定好所有系統準備要進場了，這時候無線電又傳來福岡機場再度改變跑道。拾老木咖厚啦～今天真的是要搞死我啊！到底要換幾次跑道，關幾次機場啦。

　　所有的程序又搞了一次，再度設定電腦、再次作簡報等等，飛機很順利的終於到了一萬英呎以下，來到了最後進場的階段。這時無線電又傳出前機問福岡塔台跑道的積水狀況？這不問還好，一問之下……超過我們公司的跑道積水限制！今天到底是什麼日子啊？我把手指頭放在油門的重飛（Go Around）按鈕上，告訴安東一千英呎時跑道積水還沒有達到公司落地標準我們就執行重飛，轉降到長崎機場（註2）。還好到了一千英呎時跑道積水已經達到公司落地標準，就這樣終於順利的落了地，無法再承受任何的延誤，膀胱也幾乎爆炸，原本不到兩個小時的航程搞成三個多小時。

　　當你以為故事就這樣要結束的時候，無線電又傳來……因為受機場關閉的影響，飛機的停機位現在還沒有清空，我們必須在滑行道上多等待20分鐘。媽媽咪呀～我可憐的膀胱。

　　回程的路上一樣有些小雷雨雲，必須繞一下小路，但是跟剛才的逆天慘狀相比，完全是小case。感覺這一趟像附贈的，民

↑ JCAB航路考核紀錄

航局的大魔王也不太在意了，就這樣順利回到東京落地結束了考試，延誤了兩個小時。

結束任務，回到辦公室就看到我的老相好J.J在簽派中心等著我，他昨天比詹姆士早一步通過了最後的大魔王考試，已經從走狗進化成人類。原本J.J在公司等我的目的是想要親自恭喜大佬通過考試，不過因為突如其來的壞天氣加上航班的嚴重延誤，所有在辦公室的機師都知道詹姆士這趟考核發生了什麼事，看到詹姆士後都只是給了一個God bless（上帝保佑你）的眼神。我與安東以及大魔王很快的進入了簡報室，大魔王告訴詹姆士：「你今天的表現非常好，一切都按照標準程序操作。今天是我當考試官到現在，第一次遇到這麼大狀況的考試。你在天氣不好、機場關閉、無線電干擾、油量受限的多重壓力下表現非常好，我相信你日後在線上飛行很難會遇到這樣的狀況，所以我肯定你有能力在日本的天空飛行；但是礙於規定，

我還是必須要給你口試。」話說完大魔王給詹姆士簡短做了口試就告訴我「過關」，在我的考核表以及飛航紀錄本上簽完字就離開了。這時就剩我與公司考官安東在簡報室了，安東說我今天表現不錯，象徵性口試我幾個問題就宣布考試結束，我想是因為他在空中傻掉了，被大佬出手幫了一把的關係吧。就這樣心中的大石頭終於卸下了，結束長達將近一年的訓練，正式升格成人。明天開始就正式領全額機長的薪水，再也不是卑微的訓練生了，只不過通過考試後還要再等一星期跑完民航局的作業程序，這一個星期還是會飛行，不過是雙機長飛行，誰在乎呢！

✈ （註1）微爆是一種小型劇烈天氣系統，它距地面100公尺以下的水平範圍少於4公里，最大風速可達75公尺/秒，且有強烈的下降氣流及徑向向外輻散開來的氣流，常造成強烈的水平風切。這些氣流會在近地面處形成一股破壞性的水平方向吹散風。微暴流之風力可以吹倒樹木損毀建築，特別是影響飛機起飛降落時的安全，若飛機在起降時遇到微暴流而飛行員無法適時應變，很容易發生飛安意外。

✈ （註2）商用飛行的飛行計畫中，公司都會載明備降場。天馬航空飛福岡的備降場是長崎機場。

14 大鳥居 Otorii

　　航路訓練結束後，公司就得開始付我們全額的房屋津貼25萬日幣。詹姆士現居的銀座公寓房租每個月17萬5千元日幣，是當初報到前公司預先幫我們租好的。訓練期間沒得選擇，就算自己搬出去找「廉價房屋」住，公司也不會退錢給我們，現在既然有機會可以找便宜的房子住，賺每個月房屋津貼的差價，何樂而不為呢？況且開始飛行後，一個月實際待在東京的日子不到七天，租那麼貴的房子實在對不起自己良心啊！

　　決定搬家後，詹姆士立刻開始找房子。我的需求很簡單，離機場以及地鐵站近即可，至於房子新舊以及大小我一點都不在乎。畢竟詹姆士現在不是每個月只飛個三四趟的長程線機師，而是一星期飛六天的公車司機，上班前多睡半小時加上下班後可以馬上到家休息，這才是王道。

　　確定需求之後，公司提供的仲介公司很快就幫我選定了區域，這個地方位於東

↑才住一年而已，離開銀座搬家時的大包小包

京都的「大田區（Otaku）」，與羽田國際機場屬同一行政區，位於地鐵「京急線」的「大鳥居（Otorii）」站。大鳥居這個地方有點像是台灣的南崁，住的幾乎都是在機場上班的工作人員，每天上下班時總是能遇到日航或是全日空一起搭地鐵的空服員。

在日本租房子其實挺複雜的，要不是有會講英文的仲介公司幫忙，現在詹姆士可能還住在銀座呢。一般來說日本租房子都是空屋，裡面最多只會附帶冷氣，合約大多簽兩年，除了付租金、押金之外，這裡還多了一個奇葩項目叫「禮金」的款項，通常金額是兩個月房租。這個「禮金」是日本特產，來源是因為以前日本戰後的房子不多，所以有房東肯租你房子時，房客必須用禮金來答謝房東的租房之恩啊。奇怪，現在空房子那麼多，房東怎麼不給我禮金感謝詹姆士租你兩年房子的恩情呢？

除了剛剛詹姆士提到的這些，還有更神奇的，房子的租賃契約通常兩年，兩年後還必須另外再付「契約金」才可續租下去，而這契約金＝禮金價＝兩個月租金。另外針對外國人，租屋還要找保證人，真的是重重關卡。

你以為退房會比較簡單嗎？根據詹姆士最後離開大鳥居時的經驗，退房比租房時還要更麻煩。首先退房前必須要把房屋還原到租屋時的狀態，不然會被收取清潔費，大概就是當初租屋時預繳的保證金。之後必須要親自打電話請瓦斯、自來水以及電力公司在退屋當天到租屋處抄表，結清最後一次的款項後，隨即斷水斷電。另外，在日本有種公司叫「inspection company（驗收公司）」，提供房客退屋時驗收房屋的服務，所以退屋前還必須先預約驗收公司的驗收員檢驗房屋，退屋當天

↑ Otorii Station 大鳥居站

　　驗收公司的人會拿張表格，非常仔細的逐條逐項檢查房屋的每一個角落，順利結束後還得付出高額驗收費，最後交出鑰匙才算退屋告成。

　　詹姆士跟我的好兄弟韓國佬J.J聊到日本租房子的經驗，J.J說韓國租房子的習性更奇怪，分為「全部押金制」以及「租金+押金制」。一般來說韓國租屋也是以兩年為基準，如果是「全部押金制」的話，房客必須一次付清七成房價左右的費用，然後接下來兩年就住免費的。問題是拎伯哪來那麼多的錢啊？有那麼多錢就自己買房子了。至於「租金+押金制」，房客必須先付8-12個月的押金，然後每個月繳一定的租金，這種方式可以選擇押金多寡，押金越高每個月的房租則越低。聽完後真心覺得——在台灣租房子真是幸福啊！

　　詹姆士在日本最後兩年半的時間，都在大鳥居這小地方渡過我在天馬航空的餘生。大佬是個念舊的人，我曾跑過日本無數個城市，只是如果問我最懷念哪裡？我會毫不猶豫的說～「大鳥居」。

15 天馬航空 金正恩

我們C9 class第一天報到時五個人，現在只剩我跟韓國佬J.J存活了下來，大概因為我們都是亞洲人，知道如何應付小日本鬼子的關係吧。相較於我們的上一班C8報到時十個人，現在只剩五個人，我們兩班一個是半斤，另一個則是八兩，龜笑鱉無尾。

擺脫了訓練正式上線飛行後，日子輕鬆不少。雖然班型依舊是一輪飛出去要繞著日本跑五六天的班，但少了小日本教員機長在旁跟蒼蠅一樣吵，以及民航局大魔王的考試壓力，彷彿是置身天堂……（後來發現這只是假象！）

「天馬航空」的定位是家「廉價航空」公司，所以什麼都是廉價的，包含我們組員過夜住的旅館也是。拜我們有位偏激不喜歡飛行員的社長所賜，天馬航空機師與空服員住的是不同旅館，空服員大部分外站住的是出名的廉價旅館Toyoko Inn（東橫飯店），我們飛行員住的則更糟糕（只有一兩間旅館住的不錯），都是日本工人住的小旅館，這時候就真的慶幸我們沒有飛行員的帥氣制服，不然真的丟臉死了。

關於公司社長的傳聞以及事蹟，當詹姆士還在航路訓練時就聽了不少，基本上都是負面的，在公司那麼久從來也沒聽過有員工喜歡社長。反正老鳥有交代，無論做什麼事情都一樣，最高準則就是千萬不要踩到社長地雷。社長在公司裡外號叫「金正恩」，因為他的行為處事根本是公司版金正恩。訓練時資深老外告訴詹姆士，下班後無論如何不要跟空服員出去，曾

↑《世界民航雜誌》第213期報導天馬航空申請破產重整，刊登社長的照片

經有兩位剛上線的年輕副駕駛就因為下班後跟空服員出去吃飯而被社長開除。老外還說，據說社長在公司裡有很多小密馬，這些傳說中的馬子們，另一個身分是社長的線人，每個月都會跟社長一起聚餐吃飯，跟社長回報公司裡機長的一舉一動，就是這種處處擺眼線的行為讓大家私下都叫他金正恩。

大部分天馬航空的機師們都有份口袋名單，名單上是社長女朋友們的名字。這些名單必須要時常更新（up to date），就像當兵站衛兵時的口令一樣，如果沒有即時更新，接下來可能就會倒大霉囉。所以飛行時大佬都會跟副駕駛互相check，確定手上的名單是最新的。詹姆士實在想不透，這些同樣身為社長女朋友的空服員聚在一起吃飯，到底是什麼感受啊？

話說有天詹姆士難得帶個年輕的副駕駛一起飛行，進到駕駛艙後大家各自忙起飛前的準備工作，座艙長突然氣沖沖的跑進駕駛艙，劈頭就對我的副駕駛劈哩啪啦講一堆我聽不懂的日

文，完全無視機長的存在，隨後丟了一張類似公告的紙張在儀表板上給這年輕人，示意副駕駛好好看這紙條寫什麼！我本以為是小倆口吵架呢，看這年輕人長得高高帥帥，怎麼會跟個連駕駛艙門都快擠不進來的胖座艙長在一起呢？大佬詳細問了原因，原來我們有幾架特定的飛機，副駕駛要對空服員作廣播系統的測試，而這年輕人忘了做測試，座艙長一氣之下拿出公司的規定丟給他看。

　　聽完之後詹姆士立刻怒火上心頭，再怎麼樣我還是飛機上的老大，打狗也要看主人，副駕駛有疏失也該由我來管理，哪是座艙長的職權。詹姆士心想，這胖女人敢這麼囂張只有兩種可能：1.她腦殘了；2.她是社長的女朋友。詹姆士立刻拿出口袋名單比對名字，果然她就是社長的女朋友之一。認識我的朋友都知道詹姆士不吃這套的，隨後我把紙條搶來，才知道這是空服員作業手冊的內頁。詹姆士二話不說把這寫滿規定的紙張揉成紙團，往垃圾桶裡丟。幾分鐘後胖女人回到駕駛艙，向副駕駛討回她從空服手冊裡取出的紙條，我裝沒聽懂，隨手拿張衛生紙擤了個黏涕涕的鼻涕，丟進垃圾桶。年輕人告訴座艙長紙條被機長拿走了，座艙長看著我，我則用食指往垃圾桶裡面比了下說：「我以為妳是要給我們的。」

　　事情結束後，副駕駛跟我坦承他的口袋名單沒有更新，所以才會那麼不小心。我告訴他：「飛行員啊～危機意識非常重要！」哈哈。

16 老虎不發威你當老子是病貓（1）

今天是再平凡不過的一個週末早晨，雖然說飛行員沒有在過六日假期、也從來沒有照著日曆上的紅字休過假，但到週末還是感覺心情也跟著好了起來，看到搭機的乘客們也覺得他們是準備開心的去度假，詹姆士抱著愉悅的好心情到機場報到。

可惜愉悅不了多久，詹姆士才踏進公司的簽派中心就感覺氣氛不對。一般來說，簽派中心的報到櫃檯經常看到的是一組一組的機組員（機長跟副駕駛），討論天氣以及當天的飛行計畫。我的習慣則是，報到時看到哪個櫃台只有一個老頭站在那，就會心想這應該就是我的副駕駛，然後主動過去打招呼表明自己身分。（因為公司機師不用穿制服，所以無法分辨誰是機長誰是副駕駛）

早上詹姆士到了簽派櫃台，看到了一個落單的老頭，心想這肯定是我今天的副駕駛，隨即上前打了聲招呼：「Hello, my name is Capt.James, how are you doing?（哈囉，我是機長詹姆士，你好嗎？）」沒想到這老頭居然不理我，要不是剛偷瞄了一眼今天的任務派遣單，頓時還以為我找錯了人呢。

天馬航空規定飛行員報到時必須互相出示證照檢查，然後再讓簽派員檢查一次並同時執行酒測。我向簽派員出示了我的飛行證照，同時也請副駕駛給大佬看他的證照，沒想到這老頭居然不理我，還跟我說簽派員已經檢查過了。我說公司規定簽派員及組員要互相檢查證照，這個倚老賣老的老頭聽完後居然斜著眼給我來了個冷笑！沒有好的開始，空氣中的氣氛也開始

凝結了起來。公司還有項不成文規定，執行早上的航班會免費提供我們7-11便當，而副駕駛必須拿我們前艙的便當上飛機，結果這老頭什麼也不拿就這樣給我上飛機了。

　　先前文章有提到過，天馬航空的副駕駛幾乎都是被日本航空資遣而來的（直到後期才慢慢有年輕的副駕駛開始完訓上線飛行），而日本航空剛開始資遣飛行員時，是從年紀53歲以上並且曾經當過飛航工程師（Flight Engineer）的副駕駛開始資遣

↑我是海賊王，可別隨便惹我啊！

85

起，日航認為這些副駕駛年紀過大且當了一輩子的副駕駛，可利用條件不高。這些副駕駛到了天馬航空後有些自視甚高，常常自認為年紀虛長經歷就高人一等，卻完全忘了他們自己的身分其實只是副駕駛，還妄想給新進的外籍機長下馬威。可惜，今天他踢到了大鐵板！

詹姆士在五個國家當過機長，飛了那麼久，今天可是生平第一次把副駕駛趕下飛機，以飛行安全為由，要求公司換新的副駕駛上來。跟大佬飛過的人都知道，跟我飛最輕鬆愉快了，想幹麼就幹麼。只要在安全限度內我也從不碰副駕駛操縱桿，不干預副駕駛飛行，重點就只是互相尊重而已。今天這可惡的老頭，快60歲了給我倚老賣老，看詹姆士長相年輕好欺負，想在駕駛艙當老大。當飛機還在地面滑行的時候，未經過我同意就私自轉動燃油的開關，我立刻制止了他，沒想到這老頭居然滿臉不屑的撇了我一眼，口中還發出「切～」的聲音。

起飛後飛機的自動駕駛還沒接上，這老頭又伸手過來扳動其他的電門開關。詹姆士為了避免激怒這自以為是老大的白目老頭，等飛機到達巡航高度平飛後才問他為什麼要這麼做？他鬼扯了一堆理由：「公司規定……」、「起飛後規定副駕駛……等等。」我請他把規定拿出來，他拿出了公司的標準操作程序（英文版），我翻了幾頁，找出他自以為的規定請他看清楚。老頭看了看自知理虧，跟我說：「大家都這樣做。」我轉頭告訴他：「1.我不是大家；2.把英文學好或許你就會看得懂真正的規定，而不是大家說。」

話才講完，飛機油箱的警告訊號來了，提醒我們要把飛機中央油箱的幫浦關掉，我下達口令「Center fuel pump switches

Off（中央油箱電門關）」，老頭故意裝沒聽到，拒絕服從我的指令，我又再講了一次，他還是裝沒聽到。詹姆士只好自己把中央油箱給關掉，告訴他拒絕服從機長指令將嚴重影響到飛行安全，如果你不改善我只好寫報告。這老頭大概想我只是想嚇嚇他，反正就算被老外機長寫報告，公司還是會挺他，不會理老外。這老頭就一路上給我擺副撲克臉，我本來想如果他在落地前跟我道歉我就放過他，可惜這老頭死意堅決。逼的詹姆士沒有辦法，落地後等客人都下完飛機，大佬告訴他我要打電話給公司把你換掉。他當場嚇到只差沒尿褲子。活該，誰叫你玩這麼大呢？被我趕下飛機時怎麼就不敢像剛剛一樣大聲嗆秋了呢？就這樣詹姆士成了天馬航空開航以來第一個把日本副駕駛趕下飛機的外籍機長。

　　隔天，我被公司航務處長叫去夾懶蛋（開會），其實這也是意料中的事。出門前大佬查了一下這副駕駛的背景資料，得知他原本跟主管們都一樣是從日本佳速航空JAS來的，當下心裡便有了底，準備直接開戰。到公司後陣仗不小，感覺是準備要來審判我的，唯獨沒有見到昨天被我趕下飛機的副駕駛。長官

↑ 天馬航空 海賊王彩繪機

們劈哩啪啦教訓了一堆，其實我也聽不太懂，因為日本人英文實在太差。我只回了一句：「我犯了什麼錯嗎？」長官們你看看我、我看看你、啞口無言。我接著問：「那違反標準操作程序的人是誰？」長官們沒講話，我又再繼續問：「那今天要我來開會的目的是什麼呢？」處長講話了：「我們只是想了解一下當天的過程。」

公司極力想保護這位副駕駛，講了一個荒謬至極的理由，處長說：「雖然依照公司的標準作業程序，副駕駛雖然在錯的階段做了這些事；但是公司沒規定這階段不能做哪些事，就表示他可以做任何事。況且沒有任何一本書裡面有白紙黑字規定副駕駛必須聽從機長指揮。」我的天啊，台灣的航空公司主管要是如此保護自己的飛行員就好了。話說完我問處長：「那您的意思是副駕駛在駕駛艙內做任何事都可以不用機長同意囉？例如巡航中把發動機關掉，地面滑行中把窗戶打開？」這群小日本的意圖太過明顯，詹姆士也不想再做無謂堅持，告訴處長既然沒事犯錯也不是我，那我就先離開了。話講完轉頭就走！

把小日本趕下飛機的故事就像火苗一般，以迅雷不及掩耳的速度在公司裡飛快傳開，每個外籍機長看到我時，都會跟我說「Good Job!」。而原本蠢蠢欲動又想倚老賣老的副駕駛，則是打消了念頭。雖說詹姆士在天馬航空打下了漂亮的一仗，但這一仗的代價不小，搞的那些從JAS來管理飛行員的航務主管，每個人視我為眼中釘，想把我給拔除。

嘿嘿～你們還沒搞清楚我就像打不死的蟑螂一樣吧。

17 TMD，飛行員上廁所還要寫報告

　　記得上一次大佬在飛行中上廁所應該是半年前的事了吧！
沒錯，為了爭取不讓自己成為公司當月「膀胱」最無力機長
（小膀胱 of the month），我們公司所有的飛行員都練就了一顆
強而有力的膀胱。話說，元旦當天飛了一趟從東京成田飛往沖
繩那霸的航班，由於多天高空逆風將近200海浬（換成螺旋槳小
飛機就會是倒著飛了）。這趟航程總共飛了四個小時，飛行
中實在憋不住快爆尿，只好硬著頭皮跟副駕駛說聲抱歉，老子
要去放水尿尿。至於為什麼要跟副駕駛道歉，接著看完下面文
章就知道了。

　　關於小日本公司有多麼的變態，詹姆士之前已經寫了不少
故事，就不再多說。今天再補上一筆，TMD，有人聽過航空公
司飛行員出來尿尿要寫報告的嗎？這種荒謬的事也只有荒唐的
航空公司、變態的小日本人才幹的出來。天馬航空規定飛行員
在飛行途中如果要離開駕駛艙上廁所就必須要填寫報告，我們
叫做Pee form（尿尿報告表），這份報告還必須在飛行任務結束
後，隨著飛行資料一起繳回公司存檔。

　　關於「尿尿」的規定是這樣子的：如果飛行高度是在超過
25000英呎以上，飛行員要出來上廁所，另一位on seat（在座）
的飛行員規定必須要戴上氧氣面罩。所以公司的飛行員都會替
旁邊的「另一半」著想，為了避免讓隔壁的人被迫戴上氧氣面
罩，大家都會儘量不離開駕駛艙出去尿尿；如果真的必須要上
廁所，像詹姆士就會乾脆跟航管直接請求下降高度，把飛機下
降到25000英呎以下再尿，至少副駕駛不用戴氧氣面罩也算省了

麻煩吧。而因為高度25000英呎以下通常都是航機準備要進場落地的階段，無線電以及飛航程序非常繁忙的時候，常常一出去一進來⋯靠杯⋯已經10000英呎了，哈哈！！這種變態且影響飛行安全的事，真的只有小日本才想得出來。

話說⋯⋯這張尿尿報告表（Pee Form）還挺複雜且專業的（圖例）。首先，如果是詹姆士準備要在飛行中尿尿，必須先打電話到後艙請空服員把接近駕駛艙的乘客區域「淨空」。所謂淨空，是由兩位空服員站在區隔客艙以及廁所的簾子前面，不准任何乘客靠近廁所。換句話說，等會兒詹姆士尿了多久，這兩位空服員就必須守在我廁所門口多久，非常的尷尬！

空服員「淨空」撒尿區域，接著會打電話進駕駛艙跟我們報告「廁所 Ready！」這時候我才可以開門讓座艙長進來（必須是座艙長），進來後我必須跟座艙長簡報緊急逃生裝備位置、氧氣面罩位置、二排中座位以及安全帶使用方法等等。而這些項目必須在尿尿報告表（Pee form）的欄位上，座艙長一一檢查、一個個打勾，確定飛行員有確實講解。雖然大家都知道這些裝備如何使用，但如果不講解，詹姆士保證座艙長會跟公司打報告。抓耙子是小日本的天性、是民族性，相信看完這本書後你就會相信了。

我們公司的座艙長都很厲害的，都看得懂高度表，搞不好還會開飛機，因為尿尿檢查表（Pee form）上座艙長還需要填寫現在的飛行高度、在座機師是否有按規定戴上氧氣面罩等諸多事項⋯⋯剩下的就請大家自己參考這張很屌、很侮辱飛行員的～小膀胱Pee form。

話說，天馬航空什麼怪咖都有。前陣子有個機長不知道是不信任小日本副駕駛飛行還是怎樣，也有可能是小雞雞～～因

Confirmation Form

Date(DD/MM/YY): _____ Flight Number: SKY _____

PIC Name: _____

CO or FO Name: _____ Altitude: _____ feet

Chief Flight Attendant: _____ Leave: PIC / CO or FO

NO.	Check Items	PIC	CO/FO	Chief FA	Note
1	A Flight Crew temporarily leaving the cockpit verified that the Chief FA entered the cockpit.	✓			Check by PIC or CO/FO
2	The Flight Crew checked that the Chief FA is aware of the location of the oxygen mask and how to put on the mask.	✓			Check by PIC or CO/FO
3	The Chief Flight Attendant checked with the flight crew whether the cruise altitude was at or above 25,000ft. *1				Check by Chief FA
4	Chief Flight Attendant and flight crew temporarily leaving the cockpit verified that the flight crew remained in the cockpit was wearing the oxygen mask. (at or above 25,000 ft)			✓	Check by PIC or CO/FO and Chief FA
5	Chief Flight Attendant verified that the flight crew is in full compliance with the "outside watch obligation" prescribed in the article 71-2 of Aviation Law and not neglecting his flight duty.				Check by Chief FA
6	When the flight crew was returning to the cockpit, the Chief Flight Attendant verified the security through the peephole then unlocked the door. *2				Check by Chief FA
7	The Flight Crew remaining in the cockpit advised the chief flight attendant, after entering the cockpit, to sit down or the observer seat for safety.		✓		Check by PIC or CO/FO

Note:

*1. When the altitude is below 25,000feet, the item No.4 shall not be applied in accordance with Operation Manual chapter 2, 2-4-7.

*2. When the flight crew is coming back to the cockpit, the flight crew remaining in the cockpit accepts it on the interphone, then gives an instruction to the chief FA to ensure security to unlock the door.

↑飛行中機師上廁所必須要填這尿尿表。

為他飛行中跟副駕駛說：「You have control（你操作）」，然後離開座位到駕駛艙中間的位置，拿起礦泉水的瓶子就直接尿在瓶子裡了。這件事為什麼公司大家都會知道？因為又被小日本副駕駛打報告啦！只是我們比較好奇的是，礦泉水的瓶口才一根小拇指寬耶～他老兄是怎麼把尿灌進去的啊？

✈ PS. 日本人膀胱真的滿厲害的，雖說我們公司的航程都不長，但一般也都至少兩個半小時以上，長的也有四個小時。真的鮮少看到日本副駕駛離開座位去尿尿的耶！

18　被丟出駕駛艙的垃圾桶

　　在天馬航空飛行的日子裡，每隔一陣子就聽到有機長離職，只要有老外機長離職，大家都會非常的羨慕這位兄弟終於可以離開這個鬼地方。然而每位離職機長對公司的怨念都非常深重，幾乎每個機長離職前都會幹出一些轟轟烈烈的事情，甚至有些機長在離職前就會開始計畫，要如何搞個轟轟烈烈的離職趴讓大家可以記得。

　　大家或許不知道波音737的駕駛艙非常小，詹姆士在這麼多國家飛過，也只有日本人很天才的，在這麼擁擠的737小辦公室裡硬是擠進了一個大垃圾桶。一般航空公司會用免稅品袋或塑膠袋掛在駕駛艙裡面裝垃圾而已，不放垃圾桶是因為它無法固定在駕駛艙裡面，遭遇亂流時，垃圾桶是很有機會飛起來倒灌在飛行員頭上的。

　　我們有位機長在離職那天終於忍受不了這顆廢物垃圾桶擋在駕駛艙裡占地不拉屎，當航班準備登機前機長把垃圾桶拿了出去，沒想到座艙長看到機長把垃圾桶拿出去後，當場又把它拿回了駕駛艙。機長滿肚子大便，立馬又把垃圾桶丟到客艙去，座艙長又不甘示弱的把垃圾桶塞回了駕駛艙，就這樣一來一往雙方堅持不下。最後座艙長請了機務大哥上陣，與機務聯手不讓機長再把垃圾桶拿出駕駛艙，然後直接把駕駛艙門給關上，不讓機長有機會再把這廢物垃圾桶拿出來。

　　這裡詹姆士稍微解釋一下，日本JCAB規定甚嚴，不像國外的航空公司，登機前駕駛艙門一定要關妥且鎖上後才可以開

始登機。然而駕駛艙門一旦關上，除非座艙長說OK可以開門，不然飛行員無論在任何情況下都不能把駕駛艙門打開。很多時候，公司的飛行員都因為不想寫尿尿報告，所以不願意在飛行途中上廁所，導致每次落地後座艙長的電話一打進來，我們就飛奔出駕駛艙衝去廁所。

回歸正題，總之被「強迫中獎」關門的機長越想越肚爛，完成登機手續所有客人都到齊，飛機開始移動之際，機長二話不說，打開機長座位左側的駕駛艙窗戶，立馬把垃圾桶從駕駛艙的窗戶往飛機外面丟出去，然後用無線電對地勤的機務大哥嗆「suck my dick」！天下之大無奇不有，恭喜天馬航空又添了另一椿趣事。真搞不懂，為什麼天馬航空有那麼多一絕的事呢？

照片中的垃圾桶已經是改為小號的了，是公司在此事件之後做的調整。原本的垃圾桶尺寸詹姆士絕不唬爛，真的比飛機中控台還高，飛行皮箱都可以直接裝在裡面丟掉，你們看看有多大。

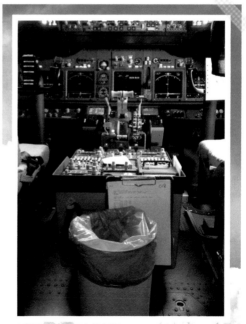

↑礙眼又擋路的大垃圾桶

19 戒嚴時期的白色恐怖

　　在日本航空公司飛行就像是身處於戒嚴的白色恐怖時代，時時刻刻都有數百雙躲在暗處的眼睛緊盯著你。飛行中副駕駛會同時扮演另一個公司賦予他的角色——「抓耙子」，隨時隨地監視著機長的一舉一動，在天馬航空的總部裡面也設了一個部門，擺了一部無線電收報機，公司指派專人隨時隨地監聽天馬航空機師的一舉一動。如果有任何機師航管違規，或是在無線電裡說了不該說的話，公司便會立刻知道，立即對飛行員做處分。日本民航局（簡稱JCAB）的大樓也設在機場的停機坪旁，好死不死就在我們天馬航空的24號停機位旁邊。

　　說到這個民航局大樓旁的停機位，我們管他叫做JCAB Spot，意思就是民航局機位。雖然不是真的停民航局的飛機，但是民航局大樓就在旁邊，標準組以及考核組的官員可以直接透過辦公室的玻璃窗，看到我們公司的飛機以及飛行員。

　　大家都知道飛行員在客人要登機前需要繞飛機一圈做360度的機外檢查，我們叫做「walk around」。有天公司某位機長在做walk around的時候，民航局的官員正好在旁邊偷偷地監視。或許是我們這位機長檢查飛機的時間太短了，民航局官員當下立刻打電話向公司舉報，這位機長也因此被公司以及民航局處分。這件事之後，我們大家都稱這24號停機位為「JCAB Spot」。只要飛機停在這個機位，公司機師都會特別放慢腳步，不時手還要這裡指指那裡摸摸，佯裝認真的檢查著飛機。有些時候傍晚在JACB Spot接飛機，我與副駕駛都會互相check

↑照片中間凸起的建築為羽田機場舊塔台，右邊的大樓則是JCAB的辦公室，透過窗戶可以明顯看到旁邊的航機動態。

時間，如果民航局已經下班，我們會說：「It's safe now」。去年我們公司引進空中巴士A330新飛機，停機位因此有所調動，民航局重新分配航空公司機坪，把這恐怖的24號JCAB Spot 換給日本航空，我們才終於正式脫離JCAB的白色恐怖！

除了JCAB的白色恐怖外，我們公司也有自己的白色恐怖，大佬剛剛有提過副駕駛公開祕密「抓耙子」身分，公司規定副

駕駛都要定期到公司開會，而會議的目的，是要副駕駛們舉報外籍機長有無任何操作或操守上不當的行為。

　　我的好朋友Steve是上一梯C8倖存的美國人，有回他和日本籍的副駕駛一同執行任務，晚上在東京成田機場落地。成田機場老舊、腹地廣大，滑行道路線錯綜複雜，標示不明，是兵家常敗之地（飛機滑錯路線）。這天Steve落地後，因為他與副駕駛倆人對塔台的滑行指令有疑問，便立刻把飛機停下來詢問塔台。他與塔台對話的同時，公司監聽無線電的人也同時聽到了這段對話，並且認為Steve的飛機滑錯路線。可憐的Steve還不知道發生了什麼事，等飛機停靠在停機位後，公司立刻派人通知，說他航管違規要開檢討會。隔天檢討會都還沒開公司就已經把Steve滑行錯誤的事件昭告天下，事後雖證明他們並沒有任何違規，但是日本人打死都不會認錯，這件事最後也就不了了之，但是Steve也因為這次的事件毅然決然離開公司。

　　Steve臨走之前送我一句話：「Pigs gets fat and hogs get slaughtered（人怕出名豬怕肥）」奉勸大佬在小日本的公司工作還是低調點，別太強出頭。可惜～Steve你這句話為時已晚啊！哈哈。

　　事隔幾天，我的患難兄弟韓國佬J.J也在某天任務結束後，莫名其妙地被公司徵召開會，原來又是公司監聽飛行員無線電的傢伙誤以為J.J航管違規。韓國佬的個性挺倔強的，不像我是又衝又倔強，J.J開會時問公司，監聽無線電的傢伙有無線電操作執照嗎？連無線電操作執照都沒有，也不懂無線電術語的人怎麼能判斷飛行員是否航管規呢？之後……這事當然又石沉大海。

講到東京成田機場，飛機進場時有個非常奇特的程序，飛機接近機場12海浬前必須要把起落架放下，我們叫做「Gear down operation」。如果以地形來看的話，基本上就是飛機從東京灣外海進到陸地前，要把起落架給放出來，藉此防止飛機機身在飛行中有結冰的情形發

↑Steve跟我說他因為無處發洩對公司的恨，所以有時間就練拳擊發洩對公司的怒氣。

生，起落架在進入陸地前先放出來，機身如有結冰也會一起落下，避免上了陸地砸在民房屋頂上。

有天詹姆士與在中東知名航空公司當機長的朋友聊天，正好聊到了這個全世界獨一無二唯日本東京才有的古怪程序，他們居然不曉得！我說這程序就寫在飛機進場的航圖上，你飛了那麼多次居然都沒有遵守，真的有夠混耶。如果是日本籍的航空公司沒依照規定放起落架，飛行員早就被處分了。因為JCAB會派人拿望遠鏡在岸邊監視，不要懷疑……是真的！

20 欲加之罪何患無辭

　　小日本有多愛打報告當抓耙子，來問我就對了，說詹姆士是最大的苦主一點也不為過。在天馬航空的頭一年，我被所謂不知名的「公司員工」告過好幾次，沒有一次罪名是真正成立的，每次都是莫須有然後就不了了之。不過被告久了也習以為常，總之凡事處處小心謹記隔牆有耳，則可明哲保身，對付小日本也只能如此。

　　一般來說飛行國內線航段，班與班之間的銜接通常只有20至30分鐘，只要第一趟的班機起飛延誤，後面一整串的班就會惡性循環造成連環延誤，直到最後一趟下班。不但如此，公司時刻表也制定的非常腦殘，很多航段的表定時間都小於實際的飛行時間。例如，冬天由東京飛往沖繩實際飛行時間大約三個半小時，公司時刻表安排的時間卻是三小時十分鐘，這樣航班能不延誤嗎？天馬航空真是有才，想出這樣有創意的時刻表，讓飛行員班班延誤、客人班班抱怨。

　　有次詹姆士的任務是雙機長飛行，跟個小日本機長一起執行任務，我坐左座當機長，他則是當我的副駕駛。當天任務有四個落地，最後一趟落地任務結束後，我與日籍機長一起回到辦公室繳交飛行資料，沒想到公司簽派員告訴我們，今天某段航班因為我們前艙飛行員的疏失造成延誤，要我們寫報告。我倆一頭霧水，不過能肯定的是今天沒有任何航班延誤是我們造成的。我們反問簽派員是誰舉報的呢？簽派員本來不吱聲，結果小日本機長發火咆哮了一番，簽派員才緩緩道出舉報人是和

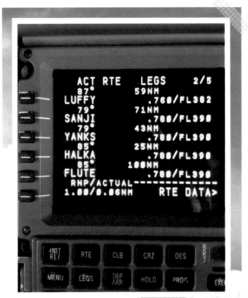

↑飛機從福岡起飛後，航路上的名字是以海賊王劇
中角色命名

我們一起執行任務的座艙長。小日本機長立刻請簽派員把座艙
長找來對質，當班的座艙長卻堅持她根本沒有舉報。既然沒人
舉報，就代表沒人需要寫報告，這件事又人間蒸發。我心想，
要是今天詹姆士不是和日本籍的機長一起飛，這個悶虧鐵定得
吞下肚了。

　　又有一次，詹姆士最早一班飛機從福岡機場起飛，公司規
定飛機要申請後推前（push back），前艙組員必須先收到座艙
長的通知，告知我們所有飛機艙門都已經關妥以及旅客人數這
些資訊，等飛行員確定人數後就會跟塔台申請後推許可。這天
我與副駕駛看著飛機的儀表，知道所有飛機的艙門都已經關妥

99

了，卻遲遲收不到座艙長打進駕駛艙的電話，當下我們認為可能旅客人數有問題，或是客艙起飛前的準備工作還沒有完成。可這一等卻等了十分鐘，我終於忍不住請副駕駛打電話給座艙長詢問狀況，沒想到居然是座艙長忘了打電話給我們報告。事後座艙長非常的擔心，但我來說不是什麼大事，詹姆士請她放心保證絕對不會提交她報告。

下班後詹姆士到了神戶的飯店休息，睡到一半被電話驚醒，馬的絕無好事！公司說早上有人舉報因機長晚到而造成航班延誤，要招喚我明天下班後進總公司開會。舉報人說：早上看到所有組員都進飛機，而機長卻姍姍來遲，沒跟空服員一起上飛機。這沒腦的公司，詹姆士常覺得自己根本在龍發堂工作，這些坐辦公室的員工個個都腦洞大開。我跟公司說：「公司又沒規定機長要跟空服員一起上飛機，只要我上飛機的時間沒有遲到，難道空服員提早上飛機，我按照正常時間上飛機就是遲到嗎？」小日本當然不會聽我解釋，堅持要處分詹姆士。我就是掉進黃河、多瑙河、基隆河也洗不清了。

欲加之罪何患無辭，我知道小日本就是要玩陰的搞我。我告訴公司：「那去調機場停機坪的監視器吧，看我是幾點到機邊做360度機外檢查，再去機務部調飛機關艙門時間的資料，確認飛機艙門幾點關閉的，老子明天還要飛行現在不要打擾我，睡覺皇帝大。」說完立馬掛電話！半小時後我收到公司簡訊，跟我說他們已經跟副駕駛確認，原來是因為座艙長的疏失造成延誤。怪了！現在會轉舵了，怎麼事情發生時不先「詢問」跟你同文同種的副駕駛呢？

傳說中藏鏡人無所不在，有次詹姆士跟一位年輕副駕駛

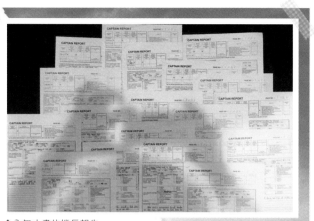

↑永無止盡的機長報告

一起飛行，身爲一位好機長，我有義務把我畢生所學毫無保留的教育給下一代。在飛行途中詹姆士試圖教他計算出完美的下降計畫，沒想到這年輕人不但不受教，還告訴我日本人不這樣飛，如果這樣考試絕不會通過。我告訴他：「考試是一回事，我知道如何應付考試；現在只是教你全球通用的正確的飛行觀念，不但幫公司省油省錢還可讓你贏得客人口碑的舒適飛行手法。」沒想到我的副駕駛拒絕接受。

我替日本的航空圈以及這些年輕的副駕駛感到難過，年輕人理當是張乾淨的白紙、飢渴的海綿。寶貴的黃金學習階段，沒想到這些白紙還來不及當人體海綿貪婪吸取新知之際，就被老一輩的機師給石化了。

結束與這位石頭副駕駛任務後的隔兩天，公司臨時指派一位考核官航查詹姆士的航班，好死不死副駕駛又是那位不受教的石頭哥。當下不覺有異，反正大佬就是那種好事沒我的份，

倒楣事一籮筐的人。好險這次航查在順利且正常的情況下通過了。

　　幾天後我收到一封公司副總的來信，指出召開副駕駛大會時，有位副駕駛指證歷歷說我教學不當，傳授錯誤的飛行方式。用屁眼想也知道一定是那位石頭哥啦！我鉅細靡遺的帶領副總重回當日案發現場，副總聽完後告訴詹姆士：「你的飛行方式沒有任何錯誤，也沒有違反公司規定，只是日本人非常保守無法接受這種方式。」

　　日後我與外籍機長們聊起這件事，他們都異口同聲的表示早已放棄教學，還說那位出賣我的石頭哥是公司有名的「抓耙子」。從那天起，飛行中我不再教導日籍副駕駛有關飛行的相關知識與飛行技巧，另外每次接收公司八卦時，更新抓耙子名單更是首要任務之一！

↑冬天時執行機外360度檢查

21 國之將亡必有妖孽

航空公司的機組員，無論是前艙或是後艙組員，常常因為任務需求得搭飛機去某個機場接班，或是在某個機場下班後再搭飛機回公司交班。航空公司稱之為「DH（Dead Head）死人頭」或是「ACM（Additional Crew Member）加機組」。基本上就是穿著制服在客艙裡當乘客，例如今天在沖繩機場下班的組員，明天是東京起飛的班，今天下班後就必須要搭飛機回東京。華航或長榮的長程線機師，因為任務派遣需要，常有紐約或洛杉磯下班，然後DH當乘客一路睡回台北的。雖然每家公司對於DH的規定不一樣，不過無論是DH或是ACM都是有算錢的喔，睡覺還可以領錢，爽吧！

航空公司對於組員DH或是ACM登機方面的規定，幾乎都是組員必須在客人登機前就必須先行登機，一方面是讓組員先上飛機先休息，也不會造成乘客登機時混亂；另一個原因則是上下班的組員通常攜帶有大包小包的行李，先上飛機不但可以先找好空間放置行李，也不會在登機時因為過多的行李被旅客投訴。

有天詹姆士的任務一早先從東京DH到神戶，再從神戶出發開始一天的飛行。早上到公司櫃台領取登機證，詹姆士隨即跟著當班的飛行組員一起到了登機門。眼看距離登機時間還有30分鐘，正準備跟組員一起上飛機，這時卻被個滿頭白髮的老頭叫住！我猛一看：金正恩，啊是社長！原來社長正好要搭飛機回神戶。社長問我是不是客人，我回答不是。社長又問我

是不是這班的組員，我仍然說不是。社長接著再問我是不是訓練生，我還是回答不是，同時心裡想著：「誰叫你要取消飛行員制服啊，搞到現在連自己都分不出天馬航空的機師。」我告訴社長，我是準備搭這班DH到神戶去接班飛行的機長。話才剛說完，立刻引爆社長炸彈，金正恩開始火力全開咆哮說我膽大包天，違反規定！他都還沒登機，我憑什麼可以先上飛機。罵完，命令詹姆士原地思過，等乘客全部登機完畢我才可以上飛機。媽的！公司你開的，想當金正恩，黑的白的都你說了算啊。

　　本來以為故事就這樣結束了，誰知詹姆士到了神戶機場到站出口，看到公司的場站經理站在那，我當下認為場站經理是來接社長的，怎麼也沒想到居然是專程來堵我的。經理叫我立刻打電話給公司副總，電話打去劈頭又是一頓咆哮還叫我寫悔過書！悔過書這種東西，國中之後就沒有再寫過了耶，再次要提筆寫悔過書竟然是在日本。

　　詹姆士與很多公司機師談論到我倒楣DH時遇到社長的事，每個人第一時間給我的回答都是：「什麼！DH不能先上飛機喔？」因為公司每個人DH時都是登機前就先上飛機的。日本航空來的機師，也跟我說日航對於DH的規定也是要在客人登機前先上飛機。我查閱了公司所有的手冊、沒有任何有關於組員DH的規定，我甚至飛到公司每一個外站都跑去詢問外站的簽派員，沒有任何人知道公司有關組員DH的規定。簡單來說就是公司沒有規定。

　　既然公司對於DH沒有的相關規定，詹姆士到底是犯了什麼錯？違反了什麼規定呢？結論：公司所有機師一致認為我真的

↑被小日本逼著寫出的道歉信

超衰，大家在天馬航空搭了一輩子的DH都相安無事，偏偏我搭那麼一次就遇到度爛飛行員的社長，不爽我比他先登機。有什麼辦法？公司是他開的，他是金正恩，難怪現在公司被他玩倒了。古人有云：國之將亡必有妖孽！

　　事後公司通知我要開紀律檢討會DRB（Discipline Review Board），並且交出悔過書。我在會中嘗試告訴公司，天馬航空根本沒有DH規定，沒有犯錯要怎麼寫悔過書呢？不過日本人拒絕接受這種恥辱，還是逼著我交出悔過書，顯然日本人霸道且不肯認錯的民族性，並沒有在戰敗後而有所改善。當初蔣公就不應該以德報怨放過日本人嘛。Anyway，詹姆士還是草草寫了悔過書交給公司，大意就是：「我犯了錯，不應該在客人還

沒登機前就先行登機云云……」公司居然不滿意，還寄了範本給我，叫我照著公司提供的參考範本，一字不漏的寫在悔過書上，根本就是戒嚴時期刑求逼犯人簽的莫須有自白書。

幾天後，公司有組員在搭DH的時候，排在客人最後面登機，進到客艙放行李時一個不小心，行李滑落下來砸到了客人頭上。公司非常生氣，隨即對全公司組員發了一個公告：「如果DH的組員到了登機門，航班還沒開始登機，DH組員必須先上飛機；如果到了登機門航班已經開始登機，則必須等所有旅客都登完機後才可以登機。」我XX你老目的小日本勒，前幾天老子照你這規定登機，結果說我違法犯紀，被開紀律檢討會，現在卻又規定所有人都要照這樣子做。

關於這個DH，詹姆士想起一件事。有天中午我搭公司飛機DH從東京到沖繩，準備接晚上起飛的班。按照慣例詹姆士上飛機就自動進入冬眠狀態，在飛機還沒關艙門前就已經睡著了。不過在登機時有個怪人因為身體臭臭的讓我特別注意到他，長的很怪手上還拎個007的辦公包，那時我心裡還開玩笑的想，這該不會是炸彈吧，哈哈。

飛行過程中，半夢半醒之間詹姆士隱約聽到飛機上有人在大聲咆哮，但好奇心始終無法戰勝躲在我身體裡多年的大睡魔，眼睛半睜半眯的狀態下我只發現原本坐在我旁邊的副駕駛為什麼不見了？我心裡邊幹譙……一邊睡著了。

快落地前30分鐘，詹姆士又被這王八的咆哮聲吵醒了過來，心想這年頭瘋子特別多哪裡都一樣，也沒特別注意就……繼續一路睡到飛機停妥。安全帶燈號一熄，就有個怪男子從飛機最後一排一路往最前面的門衝，完全不管其他已經站在走道

上的客人。這時跟我一起搭飛機的副駕駛終於出現了，還抱怨我為什麼不幫忙，一路睡覺睡到落地。

原來這個怪咖客人在飛機起飛後，就開始在座位上抽菸，被坐他旁邊的客人以及空服員制止，發生一段口角。我們公司的空服員沒有能力可以處理這種事情，就請了我的副駕駛坐到這客人旁邊去壓制他。沒想到飛機落地前這人腦袋又燒掉了，起身跑到飛機後面的廚房，把飛機上唯一的男性空服員當成沙包，練習他的無影腳！我的副駕駛又趕到廚房去制止這客人，而制止的方式只是玩「黏巴達」把他抱住。

槓！真後悔我好奇心沒戰勝睡魔，不然就換成我到後面練拳頭，告訴他釣魚台是我們的，南京大屠殺你給我好好反省！

↑喝杯咖啡休息一下，消消氣吧！

22 有些人大便是裝在腦袋裡

　　這幾天詹姆士帶個57歲的老美機長訓練生飛，他的名字叫
Harry（亨利），先前在美國World Airlines（環球航空）飛麥克
道格拉斯MD-11。美國World Airlines是間跟美國軍方簽約合作
的航空公司，專門接美國軍方各大詭異案件，或是載運美國大
兵到全球各地的美軍軍事基地，例如伊拉克、阿富汗等等。亨
利說他們載的貨物都是極度危險物品以及武器，一般客機航空
公司都不准載運的。還說他們有好幾架特定的飛機甚至裝有反
飛彈系統，專門用來飛越中東的危險地區。

　　亨利可以說是個身經百戰的老機長，今年是他飛行第40
個年頭了。我與亨利兩個人綁在一起三天的航程，他當了大佬
三天的副駕駛。我們第一天就飛了四個落地，亨利說今天是他
飛行40年以來，落地次數最多的一天。四個落地居然使用四種
不同的進場方式，讓他大開眼界。他還說這三天是他航路訓練
以來最快樂的三天，駕駛艙氣氛感覺回到了美國，我倆飛了三
天總共落了十個落地，亨利直呼在日本飛行的錢真的是不好賺
啊。

　　先前提到過在日本航空公司飛行的機師，必須經歷漫長的
訓練。正常世界裡的航空公司訓練只需三個月，日本必須耗時
一年。這種身、心、靈的全方位折磨，不親身在日本的航空公
司待過，是永遠無法體會跟瞭解的。亨利告訴我，他們班C11報
到時共有13個人，進公司一年多了，現在僅存勇者6名，革命尚
未成功同志仍需努力。他們班大半的同學都是在當副駕駛的訓

練階段，因爲考核沒通過被公司開除的。亨利目前來講算是幸運，通過了公司的副駕駛訓練，現在必須要先當滿一個月的副駕駛才可以開始左座的機長訓練，所以才有機會跟詹姆士飛到。

亨利講起他們C11同志慘遭淘汰的原因，在大佬聽起來

↑老美亨利與我飛行前合照

都荒謬至極。例如錯過一個航管無線電的呼叫、應答機選錯一個號碼，甚至有人使用了波音裝在飛機上給飛行員專用的遮陽簾（小日本有人認爲飛行就不該使用遮陽簾），又或是沒有按照公司考官個人的習慣方式回答無線電等等，就遊戲出局了。幹！把你們這些變態考官抓到右座當副駕駛，再以同樣標準考核，你們已經被淘汰十次了。

我跟亨利無奈的說到，我們這群身經百戰的外籍機長，各自在最嚴酷飛行環境下的國家飛行過，例如沙烏地阿拉伯、巴基斯坦、印度跟非洲……現在卻虎落平陽被犬欺。小日本說他們連當副駕駛的資格都沒有，哈哈哈哈，講出來真的是笑掉全世界文明國家的大牙了。

這幾天跟亨利飛行有說有笑，輕鬆愉快，真正的飛行理當

如此，小日本把飛行搞成各懷鬼胎的飛行監獄，真不知一旦飛行中有突發狀況發生，身旁的組員幫得了你的忙嗎？亨利飛行時對詹姆士畢恭畢敬，絲毫不因為他飛行了40年而對我倚老賣老，當副駕駛時就安分守己的做好副駕駛工作，不像這裡被日本航空資遣過來的老番顛副駕駛，飛行時都以為自己是機長。我跟亨利說：「進天馬航空前大家都是機長，對我不用這麼客氣，今天我能坐在旁邊當你機長，不是因為我比你厲害，只是我比你早進到這家公司而已。」這就是我詹姆士一向待人處事的風格，反觀現在很多線上的飛行員，無論國內外，跟長官麻吉了、年資久了成為老屁股，又或者當上了教員機長就以為自己天下無敵，大部分的情況下你只是比他們早進公司而已。

　　我跟亨利第一天晚上住在長崎（Nagasaki），就是小日本當年被老美丟下原子彈的地方，第二天安排早上從長崎飛往神戶（Kobe），再從神戶飛回東京羽田機場。第一天表定四個落地，第三趟飛行結束時，心想再撐一趟今天就可以收工了，我跟亨利把所有飛行前準備工作都做好，空服員也準備好要登機時，機務突然跑上飛機跟我們說，檢查飛機時發現我們的飛機遭到雷擊，飛機要停擺下來檢修。後來公司決定換飛機，航班因此要延誤。X奶奶的熊……拎伯TMD飛了兩天，空中一朵雲都沒見到過，萬里無雲，雷從哪來？公司要抓交替也不是這樣搞好不好！詹姆士請機務帶我去看飛機被雷擊的地方……您娘勒……居然在飛機的機翼底下，還是機翼前緣的縫隙裡面。是怎樣？我剛剛是把飛機倒過來飛了嗎？重點是這雷擊點居然比吃飯的米粒還小，大概0.3公分吧，周圍也沒有焦痕，要不是這機務拿手電筒硬比給我看，這個小點點一般正常的人繞飛機一

萬遍也看不出來。我真搞不懂這機務，哪來的概念認為這是雷擊而不是掉漆呢？就算這真的是雷擊，也肯定是很多天前了，至少不會是這一趟飛行時的雷擊，今天整個日本區域都是萬里無雲的天氣，想要找塊雲比登天還難。至少用點頭腦，不需要現在把飛機停擺下來檢修吧？

　　下班後公司強迫我必須寫完Captain Report（機長報告）才准離開公司，我跟亨利兩個加起來飛了65年的飛行員怎麼跟公司解釋都沒用。至於公司想找替死鬼嫁禍給我，門都沒有！詹姆士就隨便寫了份很好笑的機長報告交出去了，嘿嘿。（雷擊報告是要上報民航局的）。

　　小時候詹姆士以為大便是裝在人肚子裡的，上學後才知道原來大便是裝在腸子裡，當了外籍機師後才知道有些人大便是裝在腦袋裡！

↑你看得出雷擊點在哪裡嗎

23 Flying circus 飛行馬戲團

　　跟亨利飛行完的幾天後，有位美國籍的訓練機長，因為不滿小日本的所作所為以及天馬航空荒謬的制度，決定離開公司。離開前寫了這封信痛批日本鬼子，發給我們所有外籍機長，詹姆士把文章翻譯後給讀者參考，以資證明詹姆士在書裡所提及小日本的負面行為全數屬實，絕無唬爛以及穿鑿附會，這可是有經過美國人認證的喔。

　　To Whom It May Concern:

　　After much thought and reflection I've decided not to continue training at Skymark. First and foremost in my decision was the well being of my family and the health of my wife. My wife's health has continued to deteriorate during the numerous delays in training that I incurred at Skymark. It's funny to note that this exact same course can be accomplished in less than 3 months in other parts of the world.

　　幾經長考，我終於下定決心中止在天馬航空的訓練。我最重要的考量，是為了我的家人，以及老婆的健康。在我歷經天馬航空數次延宕的訓練過程中，我老婆的健康情況有如江河日下。而且說來好笑，相同的訓練課程，在世界上其他地方，都只要花不到三個月就可以搞完。

　　Also after talking to several instructors and fellow pilots, it is obvious that my JCAB route check was a setup from the start.

↑ 瘋狂詹姆士攝於機艙

I was targeted and penalized for leaving during training to attend to my family's needs. I understand that in Japanese culture this was supposed to be some form of punishment. This is childish and vindictive and it serves no purpose in aviation! I neither condone nor care to take part in such childish endeavors so that some coward can save face!

　　在跟幾位教師機師以及飛行員同僚聊過之後，我發現，顯然我的JCAB航路考試，從一開始安排的時候就有鬼。從一開始就是針對我，目的是爲了懲罰我在訓練期間因爲家庭因素而請假。我知道這在日本文化中，是某種形式的懲罰。但這其實是一種很幼稚的報復，而且這在航空界是沒有鳥用的。對這種爲

了讓懦夫有台階下的幼稚行為，我不會原諒他們，而且我也根本不鳥。

When you look at my background in aviation safety and accident investigation, it is obvious that I take great pride in my CRM and communication skills.I have written many papers, attended lectures and taught courses on this very subject. It is ludicrous to think that I somehow do not meet the JCAB standard on CRM. This is just another example of how Japanese aviation is inferior to the Western world, and why they continue to have so many accidents. Instead of actually trying to learn from experienced pilots the Japanese stick their head in the sand and try to ignore their own shortcomings and weaknesses. If the JCAB inspector was so concerned about CRM, then maybe he should have not been reading a book, listening to his iPod, and sleeping on the jumpseat.

因為我有航空安全與失事調查的專長，所以我對自己的CRM以及溝通技巧很自豪。我曾經就這方面的議題寫過數篇文章、參與課程、並擔任過授課的講師，所以說我有點不符合JCAB的CRM標準，實在是笑死人了。這只是為何日本航空界不但遠不如西方世界的另一個例證，且充分說明了為何日本航空界會不斷的有事故發生。日本不但沒有試圖向有經驗的飛行員取經，反而把頭埋在沙子裡，藉此避免看到自己的缺點跟弱點。如果JCAB的考試官如此的關心CRM，那他就不該在考核我的時候看書、聽iPod、並在座位上睡覺。

At future I could write 3 or 4 pages on the numerous contract breaches and inefficiencies that I've observed in this past year, but quite frankly it's not worth my time.I will say, however, that

I cannot recommend this airline to any pilot.I have never been subjected to such racism, and discrimination in my entire life. This includes being forced to move to that dump that you call Le-Lion and having to sleep on the floor for over 3 weeks! It might be fine in Skymarks' eyes to treat fellow Asians like this, but this is totally unacceptable by world standards.

　　將來我有可能會就我這過往一年中，所看到違反合約之類的事，寫他個3、4頁。但其實坦白講，把時間浪費在這種鳥事上實在不值得。不過，無論如何，我都不會推薦任何飛行員來這家公司。在我的人生中，從未碰過這樣的種族主義與歧視。這其中包括了我被迫搬到小套房，以及在地板上睡了三個禮拜。或許就天馬航空的觀點，這樣對待亞洲人沒什麼，但這絕對完全的不符合普世標準。

The contract agencies are just as responsible for having allowed this to happen. I've been given better accommodations in third world countries! Also, the commuting policy has changed at least three times since I've been here. I ask you why would anyone want to finish training when they get to fight with Hiyashi （the ticket Nazi） over their contractual rights to a ticket home? She's been making commuting miserable for the pilots here, and is single handedly responsible for most of the recent resignations. Guess what? You can expect many more resignations in the near future!

　　允許這樣的鳥事發生，仲介也同樣要負責。我在第三世界國家都住過比這個好的地方。而且有關通勤的規定，在我來這裡之後至少改過三次。讓我問問你，為什麼每個人在為了取得合約上應得的回家機票，跟Hiyashi（負責外籍機師事務的日本職員）吵架之後都只想結束訓練？她讓外籍飛行員回家路途變

得苦不堪言，最近的飛行員辭職大半都是因為她。等著瞧吧，絕對很快就會有更多的飛行員離職！

The corporate culture at Skymark is the worst that I have ever seen in an airline and walks a razor thin line between safety and insanity! The power struggle in the training department between the ex JAL and ex JAS pilots is childish and jeopardizes the safety of the airline. A perfect example of this is placing inexperienced pilots in the position of checker. My checker, Doi-San, took off last week unpressurized because of his lack of experience in the 737. He failed to comply with checklists, monitor the PM, and ensure a safe operation. There was no mechanical defect, just good ole pilot error. It happens! People make mistakes! Unfortunately the company tried to sweep this under the rug and blame it on maintenance. The truth is the crew screwed up and ignored checklist items as well as common sense!

天馬航空的企業文化，是我見過最爛的。公司所走的路，在安全與瘋狂之間，僅有一線之隔。前日航（JAL）與前JAS飛行員的兩大派系，在訓練部門中的權力鬥爭，不但幼稚更危及了公司的安全。最明顯的例子就是拔擢毫無經驗的飛行員成為考試官。我的考試官Doi上個禮拜在飛機未加壓的情況下起飛了，因為他根本就沒有多少737的經驗。為了保障安全，他應該要遵照檢查表，並監控相關儀表，但是他沒有做到。飛機沒有任何的機械問題，只不過是個優秀的飛行員幹了蠢事。任何人都會幹蠢事的。但是很不幸的是，公司想要遮醜，並且將之怪罪於維修人員。但事實是組員搞砸了，沒有遵循檢查表，也不夠有常識。

What this airline should be asking itself is: Why do events like this continue to happen? What is the problem in our training program? How can this be fixed? Instead, Skymark and the JCAB just want to punish flight crews instead of fixing the problems! Perhaps they're the ones that need better CRM.If you truly think that Japanese aviation is on par with any of the Western World, then you need to get out of the dark ages and start adopting modern practices before you kill some more of your citizens! Self-Study and extra ground school will NEVER correct these errors! These are human factors and CRM issues. Experience and understanding fix these problems, NOT punishment!

↑ 年度緊急逃生訓練

　　天馬航空應該要捫心自問，為何類似的事件，不斷的發生。訓練計畫到底有什麼問題。要怎麼樣才能改善這些問題。但是天馬航空跟JCAB只想處罰組員，而不是改善問題。搞不好這些傢伙才需要改善他們的CRM呢。如果你真的認為日本航空界已與西方世界並駕齊驅，那麼在害死更多的日本同胞前，你得要走出黑暗時代，並開始採用現代化的作法！叫飛行員自習或是增加額外的地面學科課程，絕不會是解決這些問題的正道！這些是人為因素和CRM的問題。這些問題需要靠經驗跟理解才能解決，處罰是解決不了問題的！

Lastly, I want to thank you for this opportunity. It was truly an eye opening experience. After one year here I have learned that THERE IS NO HONOR IN JAPAN. It's just something that Hollywood makes up in the movies. For the sake of my fellow pilots and the safety of the flying public I truly hope that someone will get control of this flying circus and fix things before someone is seriously hurt!

　　末了，我必須要表達我的感恩之情，感謝能夠有此機會，這真的是個令我大開眼界的經驗。待了一年之後，我終於領悟到，現在的日本真是毫無榮譽可言。千萬不要相信好萊塢電影裡的神話。為了我的飛行同僚以及大眾的飛行安全，我真心希望，在有人受到嚴重傷害之前，能有個救世主出現，能夠全盤掌控這家飛行馬戲團，並改善所有的問題。

✈ 註：CRM 簡單來說就是座艙資源管理。

24 No No Sheet No No（全「不」表格、不不）

　　在天天驚喜日日驚悚的天馬航空，飛行員總有收不完的「公告」與寫不完的「報告」。我在前東家華X航空十年，寫過的報告用大佬兩隻手十姊妹數的出來，來到天馬航空不下三年，已經迅速累積超過50份報告。任何芝麻綠豆的事都得上繳報告，公司規定飛行員每次飛行結束後都要繳份問卷調查單（如圖），要我們回答今天飛行過程中的每個階段是否有不正常情況發生。因為這份問卷是以問答方式排列，除非飛行中真的有狀況發生，不然每個問題的答案都是：「NO」。所以我們都叫這份問卷表：「No No Sheet」。通常每天任務結束後副駕駛都會問機長：「How about No No sheet？（No No sheet 如何填）」我們都會回答：「No No sheet No No」。

又來搞飛機

FLIGHT 振り返り確認 FORM/FLIGHT REVIEW FORM

本日の運航について機長/副操縦士相互で振り返ってください

Please review your flight(s) of the day Captain and first officer together

1、出発時で何か/Did you notice something unusual:
upon departure? ☐Yes あった ☑No ない
☐あったこと/What happened?::_____

2、上昇、巡航で何か/during Climb or Cruise? ☐Yes あった ☑No ない
☐あったこと/What happened?:_____

3、降下、進入で何か/during descent or approach? ☐Yes あった ☑No ない
☐あったこと/What happened?:_____

4、着陸、SPOT IN で何か/During landing or Spot in? ☐ Yes あった ☑No ない
☐あったこと/What happened?:_____

5、機長報告すべき事項/Any items required for Captain Report? ☐Yes あった ☑No ない
☐あったこと/Reported items:_____

このFORMはデブリ時に地上運航従事者に提出してください
Please submit this form to the dispatcher at the de-briefing

地上運航担当部門では次のことを機長/地上運航従事者と確認してCHECKしてください

6、Captain Report 機長報告書は ☐Submitted 提出した ☐Submit later 後日

提出する

Date(yy/mm/dd):2013/10/10   Flight No:SKY 201/202/031 /

Captain : WANG   Emp No: 35177

F/O : FO15 G.   Emp No: 35240

Thank you for your efforts for safe flight operation.
Crew Management Dept./Training & Checking Dept.

↑任務結束前都必須填寫的No No Sheet

120

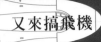

25 番外篇：羅馬中央車站
Termini Station

前面章節提過，外籍機長每個月都可以連休12天假；加上每年24天的年假平均分攤到12個月，等於每個月多2天，實際上每個月可以連休14天。有些老外要錢不要命的，會把這些假用一天一千美金的價碼賣回給公司，有些想要享受生活的機長會過著飛二休二（星期）的爽快生活。詹姆士則是選擇大部分出國旅遊。

剛進公司時，公司對於我們外籍機師的通勤機票非常慷慨大方，只要與你通勤地等距離的國家城市，每個月都可以申請免費機票。例如詹姆士的通勤地是美國波特蘭（Portland），東京到波特蘭大約十小時，所以每個月都可以申請全球等距離的機票。很多我們公司的老外，每個月都到世界不同的國家旅行。可惜這項德政在詹姆士放飛後沒有多久就改變了，只能讓機師申請往來通勤地的機票。公司甚至為了省錢，無論目的地是哪裡都不能搭直飛航段，我好兄弟J.J 短短的兩個多小時韓國歸途都搞到必須先飛廣州再轉機回仁川（韓國首都）。那些住在歐洲的老外們，每次回家都要轉機三次。沒錯！這就是導致後來老外離職潮的罪魁禍首「通勤機票」。

詹姆士在這裡想跟讀者們分享大佬某次休假時，帶老婆去義大利參加12天地中海郵輪，在羅馬中央車站發生的真實故事。相信大家都知道義大利特產除了Pizza、Ferrari、Mamma Mia，扒手猖獗也是一大特色，在義大利該如何防範或已慘遭迫害的案例，想必各位一定有所耳聞。但大佬敢肯定絕對沒人

聽過錢包被偷，失主把小偷痛扁一頓還成功搶回錢包的英勇事蹟。沒錯～這種又鳥又衰同時卻又兼具古羅馬英雄氣概的神話故事，就發生在角鬥士詹姆士的身上。

　　故事發生在羅馬的中央車站Termini Station，早上我跟老婆準備從中央車站搭火車到遊輪碼頭，行李共計有兩個29吋的大行李箱＋兩個小黑登機箱＋大佬背上的Oakley大背包。詹姆士一個人就必須拖一個大行李＋兩小登機箱。我很順手的把手機放在褲子右邊口袋，拖著行李在月台間尋找車廂，一個不起眼的小癟三從我身旁走過，這小癟三眼神閃爍，在我身旁瞄了我一眼後就突然調頭跟著走在我後面。

　　義大利的火車真他媽的古董不人性，火車入口的門非常狹小不說，列車的高度竟然跟月台完全不平行，硬是高了好幾個階梯（類似台灣早期的普通車）。行李必須用扛的才能上得了火車。因為詹姆士的老婆金貴尊寵，大佬鞠躬請夫人先上火車，詹姆士則一個人在這狹小的入口前做苦力，把每箱22公斤

↑扛上火車的大大小小行李

重的兩大箱行李扛上火車。說也奇怪……記得剛找到車廂時，上車的門口擠了些義大利人，我們請他先走，他們不要。現在回想起來，我敢說這些人就是同個竊盜集團的。

Anyways，因為要扛這些行李到近半層樓高的火車上，汗流浹背壓根就忘了小癟三跟在我後面這件事，加上行李上車後有位穿義大利國鐵制服的女人，熱心的幫我老婆接行李領位，現場一團混亂！在詹姆士扛完最後一件行李，彎著腰擠進入口處的狹小空間時，感覺到右邊口袋有東西被抽出來，起身回頭一看，操！小癟三手裡正拿著我的iphone當場抓包。就這麼一秒的瞬間，他愣住了（事後回想勝負關鍵就是這一秒），我當場大喊What The Fuck！然後使出全身吃奶的力氣狠狠賞他一記佛山無影腳，狠踹在他肚子上面。這一踹他整個人後飛直接撞在身後門板上，詹姆士二話不說立刻伸手奪回緊握在他手裡的手機。接著又是不到一秒的思考時間，我要呼伊死還是嚇嚇他？呼伊死我旅遊行程必定Game Over全部取消進警局；嚇嚇他還可以跟警察說這是正當的防禦性攻擊。恩……那就選擇嚇嚇他（想法講起來很長，當下卻只有一秒時間在腦海閃過）！當時右手握著搶回的手機無法出拳，只好開始對他使用連環踹，設法把他給踹下火車，邊踹還邊配上情不自禁「FUCK！FUCK！」的吼叫，喊了幾聲法客就踹了幾腳。認識詹姆士的朋友都知道我的嗓門是世界出名的大，這FUCK聲絕對在十節車廂外都聽得到。

小癟三試圖反擊把我往後用力一推。好死不死，我後面是廁所門，廁所現在被我給撞開了，戰況好不激烈！詹姆士往後被撞進廁所裡，歐買尬！詹姆士要往後倒摔進去了！啊啊～有

東西！好險有東西勾住我，詹姆士現在情況非常尷尬，卡在門框與身體成45度角斜頃，小癟三抓住機會伸手抓住了詹姆士的脖子，一秒、兩秒、唉呀厲害，被詹姆士掙脫了。大佬再度居上風以連環無影腳對付小癟三！小癟三你再不逃跑會不會被踢死啊？Oh No……小癟三找到一個縫隙，他跳下車廂了，用百米速度拔腿就跑，詹姆士也不甘示弱立刻跳下火車追了過去！這一切發生到結束不到兩分鐘，跟空戰一樣。感謝兩人在列車狹小空間帶給我們這麼精采的幹架畫面。

我象徵性跑了幾步，停了下來，第一，心愛的老婆還自己一個人在火車上。第二，不知道追過去後會不會有小癟三的同夥黨羽出現。我隨即跑回火車，邊跑邊喊「Police……Police（警察）」。我想義大利車站的警察一定跟竊盜集團有掛勾，發生這麼大事情，詹姆士又FUCK、又POLICE的亂叫，居然沒有任何警察出現制止。

衝回車廂後，剛剛圍在列車門口的人群都不見了，只剩下大佬的老婆跟那

↑以色列耶路撒冷古城

↑土耳其艾菲索斯

領位的女老黑。其他的旅客則是坐在位置上緊盯著我，詹姆士邊走邊大聲吼著「Don't worry, I am a US Marine（別擔心，我是美國海軍陸戰隊），Don't worry, I am a US Marine……」直到找到車廂才停止。事後老婆問我：「你有病啊？什麼時候了還無聊說你是海軍陸戰隊？」我告訴老婆這樣說是防止剛剛那竊盜集團的餘黨在車上，這樣吼可以嚇退他們。老婆又問我：「那為什麼不說是US Seal（美國海豹呢）因為美國海豹部隊是最兇猛的單位啊？」簡單！因為義大利人聽不懂英文，Marine是大家淺顯易懂的單字，講再猛聽不懂沒用啊，是不是。

　　附帶一提，當我高喊I am US Marine時，穿義大利國鐵藍色襯衫的老黑女，拿著我們票根卻到處找不到位置時，我立刻覺得事有蹊蹺！果然不出所料，等找到我們車廂把行李放好後，老黑女便伸手跟我討小費，原來她制服是假的。我隨手拿了五歐給她，她居然跟大佬討10歐。我不想給，這老黑女竟跟我討價還價起來，我板起臉……一頓法客後把她趕走。後來列車誤點二十分鐘沒開，就這樣靜靜的停在月台上，害大佬的戰鬥姿

↑遊輪上的formal night

態也持續維持了二十分鐘，直到列車開走才鬆一口氣。

　　事後檢討～第一，在義大利手機錢包絕對不能放在口袋，要放也要放在有拉鍊或有鎖的口袋；第二，如果要在歐洲拖著大行李搭火車，絕對要先到月台等列車，緊盯乘客下車，如此才能判斷門口的閒雜人是否真為旅客；第三，上車後有閒雜人卡在門口請他們先走他們卻不走，肯定是小偷不是旅客。另外義大利火車是沒有領位員的，所以有人要幫你領位100%是假貨。我會相信老黑女的原因是因為詹姆士買的是頭等艙火車，而且她穿高仿的義大利國鐵制服。第四：請睜大你的雙眼、擦亮你的耳朵，小瘪三各個襯衫筆挺、正經八百。我老婆非常震驚，以為義大利扒手小偷都是穿戴破爛或是吉普賽女，其實不然。

　　大家一定很好奇，戰況發生時我老婆在哪呢？我也很好奇。她說當時被那群義大利人以及行李卡住過不來，等聽到我喊FUCK時她只看到詹姆士英勇的在踹那小瘪三了！

26　老虎不發威你當老子是病貓（2）

　　繼幾個月前不知死活的老日本副駕駛被大佬轟下飛機後，今天又給我再度上演了同樣事件。日本人真的是不懂得記取教訓，不過看在這老頭被我訓了整整20分鐘後乖得跟綿羊一樣的份上，詹姆士就放過他。不給你們這些王八羔子碰幾次硬釘子，當我們外籍機長好欺負啊！

　　話說所有這類事件都有一個共通點，就是這一型的副駕駛在天馬航空都是老頭，自以為是機長，遇到向他打招呼的真正機長時不予回應的老頭。今天從報到開始氣氛就不對，有了前車之鑑後，詹姆士知道今天又會是難熬的一天。

　　故事的起點從飛機起飛後開始，當飛機達到巡航高度平飛後，詹姆士覺得飛機儀表板的鏡面有點髒所以拿衛生紙擦拭，這老頭居然很嚴厲的跟我說「波音公司說不能拿衛生紙擦拭儀表鏡面。」我笑了：「如果現在儀表髒到什麼都看不到了你也不擦嗎？抱歉我無法接受。」又告訴他：「老子15年前去波音接飛機的時候，波音原廠的飛行員也拿衛生紙擦的爽爽的，你有意見去拜訪波音。」話說完我更用力的擦拭著我的儀表板。

　　這老頭幾分鐘後終於沉不住氣，突然轉過頭想找麻煩：「Capt.Wang，我可以問你一個問題嗎？為什麼起飛時我說『Take-off thrust set（起飛馬力設定完成）』時你沒回答『Roger（收到）』，還有為什麼所有跟航管的無線電通話，我回答完後你不回應『Roger』？」這老頭真的挑錯人找麻煩了，詹姆士反問他公司有規定要說Roger嗎？有的話你翻公司規定給我看！這老頭斬釘截說「有」。我告訴他，如果有這規定等會

落地後我直接辭職回家。我叫他立刻翻書找規定給我看，結果這老頭拿著書翻半天找不到，真糗～

　　我跟老頭說：「我進公司一年多來只有兩個副駕駛報到時不跟機長打招呼，第一個副駕駛～我把他趕下了我的飛機，第二個人…就是你！」說完老頭臉色逐漸由紅轉青，我又接著說：「當副駕駛就給我做好副駕駛的本分，機長跟你打招呼你不理就算了，把自己副駕駛事情做好不就好了嗎？有時我的班表排到雙機長飛，我坐在右座也是乖乖做好一天的本分。你呢？以為自己很厲害嗎，你如果那麼厲害，怎麼50幾歲了還坐在右邊當我的副駕駛，現在要聽我說教呢？我們可以走簡單的路，或是我也可以跟你玩硬的，你自己選（we can do this easy way or I can do this hard way, it's your choice）。」

　　「老子飛了16年，你是第一個跟我說儀表髒了不准擦的人。你們這些從JAL或是JAS來的副駕駛，公司操作手冊OM（operation manual）不好好讀，把自己前公司的規定帶到這裡，然後說大家都這麼做，翻書又翻不到。如果你有問題我們下飛機後一起找副總談OK？」

　　我沒給這老頭回答我的機會：「你知道我的背景嗎？」我告訴他我在台

↑737的選用配備抬頭顯示器，被我們拿來當成遮陽板用

灣、印度、沙烏地阿拉伯、中國大陸、日本等國的航空公司都待過。波音737-800型飛機1998年開始在市場上飛行，我2000年就開始飛，曾飛過737-700/800/900型三種款式，你還要跟我討論737嗎？波音說地面上不建議飛行員開窗戶，怎麼大家都在開呢？如果你覺得沒聽到我講Roger你會全身不舒服，你可以求我嘛，跟我說王機長您可以在我說完無線電後幫我回聲Roger嗎？這樣人家會感覺比較舒服嗯～～。

我問他：「我們倆要重新開始嗎？」落地後，我把公司操作程序OM拿出來翻到Standard call out for take-off（起飛時標準喊話程序）那頁直接丟在他眼前，「你看看哪一句寫著takeoff thrust set（起飛馬力設定）後我要回應Roger？」

又來了，日本人就是有這種民族性，這種現象詹姆士在其他國家很少遇到，又或許是因為我們公司90%都是年紀55歲以上的副駕駛吧。其實天馬航空裡面有不少人很好的副駕駛，飛行時大家也都像朋友一樣的相處，還是老話一句：「外籍機師真不是人幹的啊！」

↑老婆搭詹姆士開的飛機

27 萬年副駕駛

　　在天馬航空的頭一年裡，詹姆士鮮少有機會能跟年輕的副駕駛一起飛行，所有任務幾乎都是跟JAL或是JAS過來的老頭副駕駛一起搭配，又因為公司擴展的速度太快，副駕駛人員嚴重不足，偶而會有雙機長一起搭配飛行的情形發生。

　　天馬航空大概就是在詹姆士加入公司的2011年開始快速擴展，公司雖然為了因應機隊的快速擴張而招募了新的副駕駛，但礙於公司對於新進副駕駛的訓練有一套自己的嚴格規定，新人還是無法順利迅速地補足副駕駛的不足。

　　公司規定新進自訓的副駕駛，必須先在公司當一年地勤職員。一般而言，這些年輕的自訓機師會被安排到公司的訓練或是簽派部門，先學習公司的企業文化以及了解公司的飛行運作等等，蹲滿一年苦牢後才能脫離苦海開始飛行訓練。我本來以為天馬航空實在太變態了，在缺乏飛行員的情況下還要這樣搞，難道真要空有飛機沒人飛才會覺醒嗎？後來副駕駛告訴我日本航空JAL的培訓機師，學成歸國進公司後可是要當地勤職員兩年。照這樣講起來，哇靠！天馬航空還真的算是佛心來的耶。

　　我們公司有這麼兩梯新進的副駕駛，他們原本是日本航空的培訓學員，從美國學成歸國回到日本航空後，當了兩年的地勤職員，正當他們要開課飛波音777的時候，不幸遇到日航破產倒閉而被迫資遣。這時候天馬航空收留了他們，這批年輕人進公司後又再當了一年的天馬航空職員。半買半相送，這群倒楣

鬼前後加起來總共當了三年多的地勤員工，真是慘不忍睹啊。

天馬航空副駕駛的來源，可以簡單的分為三種，一種是友航被資遣或是跳槽來的機師，另一種是從國外自學飛行回來的自訓機師，最後一種則是軍方退伍的機師。公司副駕駛告訴我，根據年齡以及來天馬航空報到的時間不等，有些前JAL以及前JAS的副駕駛，他們與天馬航空簽的合約規定是不能夠升機長的，意思就是說要在天馬航空當一輩子的副駕駛。這些在公司的萬年副駕駛，因為無法升訓機長，所以不用跟公司教員機長拍馬屁，也不需要討好一起飛行的機長，態度都特別惡劣，難怪有人會囂張到自以為是機長！

有天詹姆士跟一位年輕的副駕駛一起飛行，他是前日本空軍F-4（幽靈式）戰鬥機退伍的飛官，年紀大約28歲。那天我們一起飛沖繩，落地後他跟詹姆士說他退伍前F4的基地就駐防在這。因為沖繩是日本F-15（鷹式）戰鬥機的大本營，我問他怎麼不去飛F-15而去飛一架機齡超過50年且打過越戰，現在被美國人擺在博物館裡展覽的古董飛機呢？他跟大佬說當年被Top Gun（捍衛戰士）給害慘了，看完捍衛戰士後，他覺得飛戰鬥機就是要像Top Gun一樣後座有Goose（呆頭鵝）武器官才酷。那時日本空軍讓他在F-4以及F-15兩個機種裡選擇，因為F-15是單座機，他才選了心目中酷炫的F-4。

他說F-4非常的老舊，駕駛艙裡面全部都是傳統的儀表，跟先進的戰鬥機比較起來難度有增無減，每次訓練時他最痛恨的戰鬥科目是倒飛，因為倒飛後，整個駕駛艙會變成灰塵搖搖杯，就像是把吸塵器的集塵袋打開，倒在駕駛艙裡面shake shake（雪客）。

↑日本自衛隊F-4雙座戰鬥機（就是這個雙座啊）

　　又有一天，我和日本海軍飛直升機退伍的一位年輕副駕駛飛行，我問他爲什麼要退伍呢？他告訴我：「日本海軍的飛行員人數規劃是超額的，因爲人數太多，所有海軍直升機飛行員必須每兩年輪調地勤一次。」意思是說每飛行兩年就必須轉調地勤服務或上船服務兩年不飛行，兩年後再回飛行線兩年。這年輕人因爲不願意每兩年就要離開飛行線調地勤，最後一次帶賽被調上船後，就選擇了退伍來到民航服務。他還說日本海軍飛行員超額規劃每兩年輪調一次的原因，目的居然是爲了戰事爆發的時候，海軍可以確保有足夠數量的飛行員備戰，小日本眞他媽的狡猾！

28 Pick up the crash, or Suck my dick!!
收拾我的垃圾，或是嗑我老二

　　每個月休完長假回到飛行線上，遇到副駕駛的第一件事，一定是check休假期間公司發出的新公告，然後check哪些機長離開了公司以及新的八卦，最後更新社長小密馬的名單。免得錯過公司新的政策導致No No Sheet不能填No No就糗了！

　　這個月休完假第一天回到公司上班，報到時照慣例check新的公告，果不其然，看到公司新的規定，爾後禁止飛行員在駕駛艙喝Starbucks（星巴克）咖啡。沒錯～白紙黑字寫著「Starbucks Coffee」以及所有紙杯裝的飲料，包括所有含上蓋的飲料，想也知道一定是哪個倒楣鬼把星巴克打翻在駕駛艙了吧？如果照小日本的概念繼續這樣搞下去，駕駛艙應該很快就不能再喝任何飲料或液體了。

　　詹姆士有個好朋友叫Brad White（懷特），他也是在副駕駛航路訓練時跟詹姆士飛到，從此就跟我變成了麻吉。懷特是前美國航空American Airlines的機長，被美國航空資遣後來到天馬航空。懷特是晚我一班C10的機長，他們班9個人在完訓後只存活了三個人。懷特非常受不了天馬航空的一切，所以當前東家「美國航空」招回被資遣的機長，即使條件是回美國航空後必須當副駕駛，懷特還是跟我說：「No place better than Home（家，無與倫比）」，然後就離開天馬航空回美國了。

　　懷特離開公司前用手機傳了一張照片給詹姆士，內容非常簡單扼要……背景是駕駛艙，畫面正中間是一杯星巴克咖啡，旁邊是一根「中指」。我問懷特發生了什麼事。懷特告訴我故

↑懷特的憤怒全在這根中指上

事正如同照片所示，他今天上班時買了杯星巴克進駕駛艙喝，結果座艙長進來跟他說：「公司規定飛行員在駕駛艙不準喝星巴克咖啡！」結果我的朋友，這位有個性的老美懷特告訴不長眼的座艙長：「Inside this cockpit door I am in charge, outside this cockpit door I am still in charge. You're coming inside here only for two reason…one, pick up the crash; two, suck my dick!! Now, close my fucking door and get out of my face.」中文的意思：「在這個駕駛艙門裡我就是老大，在這個駕駛艙門外我還是老大。妳進這個駕駛艙只有兩個理由，第一，進來清我的垃圾；第二，

↑Starbucks，再說一次杯子是空的喔

嗆我的洋屌！現在，給我操他媽的關上駕駛艙門，滾開我視
線。」

　　像懷特這樣的外籍機長不算少數，當初為了每個月能夠
連續休假或是高額薪水來到日本，到了天馬航空後卻對人生有
了新的領悟，一致認為錢不是萬能所以選擇離開。我們公司的
外籍機長薪資，撇開每個月的固定薪水不談，因為長期鬧機長
荒，公司固定用一天一千元美金的代價，跟我們外籍機長買回
每個月12天的連續休假。如果想要狠狠海撈一筆的機長，每個
月賣回12天假給公司就可以多一萬二美金的薪水。我們都會開

玩笑的說：「You sell your soul the Devil（把靈魂出賣給了魔鬼）。」

　　很可惜詹姆士不夠狠，我都寧願休假回台灣，很多朋友聽了都會很氣，說如果是他們在這裡飛，絕對每個月都把假賣給公司。我都跟這些朋友說：「每個離職的機長當初來天馬航空前都跟你有一樣的想法，等到了這裡就會對人生有全新的領悟，哈哈。」

↑我的好兄弟──懷特

29 機長在眾目睽睽下被航警抓走

今天飛行前與空服員做任務簡報時,座艙長突然要求檢查我的日本居留證,令人懷疑到底是什麼原因讓座艙長敢大膽要求檢查機長的居留證。詹姆士心想一定又有人出包,因此趕緊檢查公司的信箱,看看是不是又錯過了什麼重要的公告。果不其然,還真的有個關於外籍機師居留證的相關規定公告。

原來這個智障的公司配合腦殘帝國聯手搞了一齣鬧笑喜劇,公告大意是:公司要求飛行員執行飛行任務時,除了飛行執照之外還必須攜帶居留證(類似美國的綠卡)。為什麼會突然發出這個公告呢?事出必有因,原來前兩天公司有位老外機長在上班執勤時,因為前一班的飛機延誤,機長就帶著後艙組員在登機門口等著延誤的飛機。在等飛機的同時有個航警不知道哪根筋接錯了,突然過來盤查老外機長的居留證,因為這位老外機長身上沒有帶居留證,居然被這位不知中什麼邪的航警當成現行犯,當著所有準備搭他飛機的客人跟組員的面前,就在登機門口被逮捕抓進警察局。

這種阿里不達智障又腦殘的事,也只會發生在大日本帝國。說實話小日本人幹這種事詹姆士還真的一點也不會意外耶。當大家都以為我們公司穿便服飛行很爽的時候,根本不知道這對我們帶來了多大的困擾。只因為社長不爽看到飛行員穿著制服英俊挺拔的走在機場,就取消我們制服,導致所有相關單位都度爛我們公司,這根本是個災難。

民航局因爲度爛天馬航空而專找我們公司飛行員麻煩，試問，民航局如果度爛我們穿便服，當初爲什麼要核准我們公司不用穿制服呢？搞的機場上上下下的相關單位也度爛我們，詹姆士因爲長的和藹親切，不夠有「機長」威嚴，常被阻擋在通關的X光機外面，不知因此耽誤任務多少次。Anyway，讓我們繼續看看這公司跟國家還有多少腦殘的事跟鬧劇可以上演！

↑其實日本政府有規定外國人居留證隨時要帶在身上

30 A380 胎死腹中

　　天馬航空一直在計畫購買全世界最大型的客機「空中巴士A380」，整架飛機規劃只有一個艙等——經濟艙。座位則安排可以塞進853名客人，相當於兩架B777的客人，恐怖吧。公司計畫飛往美國紐約、德國法蘭克福、英國倫敦、法國巴黎等，運行的頭一年，JCAB規定只能飛紐約當作試運行。由於日本沒有任何航空公司擁有A380型客機，對JCAB來說A380是一個完全陌生的機種，而新機引進後JCAB又必須對天馬航空發出A380的運行執照，所以JCAB對我們公司初期招募A380客機機長的限制設下極高門檻。

↑ A380駕駛艙

　　JCAB開出來的條件是，所有A380客機的機長必須持有JCAB飛行執照，並且實際在日本有飛行一年以上的航路經驗。社長因為不信任沒飛過A380客機的機師飛「他」的飛機，所以要求天馬航空初期要有實際A380飛行經驗的機師來操作。這下糟了！日本沒有機師有A380的飛行經驗，而外籍飛A380的機師又沒有日本飛行執照以及實際在日本的飛行經驗。大頭們經過了反覆思考，為了要滿足JCAB的規定，誕生了一個自認完美無缺的計畫！公司決定跟目前擁有A380客機的德國漢莎航空合作，讓天馬航空A380客機在營運的初期，由德航A380有經驗的機師幫我們公司執行任務。但是因為有JCAB這項嚴苛的規定，所以德航A380的機長來我們公司必須要先受訓飛B737，等B737完訓後累積航路一年經驗，滿足JCAB的要求後，再轉訓回A380。

　　公司想的很簡單，德航高層的老德們也不認為有多困難，殊不知到日本來光訓練就耗時一年，而且過的還是慘無人道的生活跟訓練，更不用說完訓率只有三成而已。計畫開始後，從年初開始分別來了兩批共八位德航A380的機長，最短的一位只待了兩個星期，最長的一位硬撐過了兩個月，最後兩批八位從德國漢莎航空公司來的A380機長們，全都撐不住而離開日本，計畫因此宣告胎死腹中。

　　引進德航機長的計畫失敗後，向空中巴士購買的A380模擬機也已經送達我們公司並且組裝完成，為了讓飛機能夠按照計畫在表定日期營運，公司決定使用自己的飛行員。只可惜在送了兩梯次自己的飛行員受訓A380後，公司在日幣貶值以及公司營運不佳的雙重影響下，付不出鉅額的購機款項，因此A380的

↑ 胎死法國土魯斯的天馬航空A380

訂單被空中巴士集團給取消了。

　　天馬航空最後在2015年的1月28日正式宣布破產，破產原因主要就是被這A380購機計畫害的。現在回想起來，幾年前復興航空剛跟空中巴士簽了A330的大型客機後，老闆就膨風起來說下一步不排除買A380飛台北洛杉磯，如今看來好險沒買，不然現在詹姆士又有一堆兄弟們要失業了！

　　最後在這裡講個小插曲，根據公司的機務人員透露，因為社長不信任我們公司飛行員，要求空中巴士在我們公司購買的A380駕駛艙裡安裝監視器，以便金正恩可以隨時監視飛行員在駕駛艙的一舉一動。

31 This is how you don't show respect to Captain 這就是不尊重機長的下場

　　在詹姆士先前的故事中曾經提到過，天馬航空機師上班時都會先到機場公司簽派中心的櫃台報到，接下來幾天的旅程愉快與否，就從報到這一刻開始。報到時大家通常會融洽的打個招呼，第一次配合的組員還會簡單的互相介紹一下。和氣生財嘛！倘若今天遇到的是：一、不打招呼；二、態度惡劣的副駕駛。根據大佬過往的經驗，下場都不會太好……我是指副駕駛！

　　如果晚上是在公司外站住在旅館，機長與副駕駛通常都是約好報到時間隔天在旅館大廳等待，雙方碰到面後再一起搭公司或飯店提供的交通工具到機場報到。昨晚詹姆士因為任務的關係在名古屋住了一晚，今早在約好的報到時間抵達旅館大廳時不見副駕駛的影子，左看右看都找不到人，心想他不會自己先去車上等了吧？這實在太罕見了！即便我是機長，也不會無禮的先上車，當下心裡只有一個字 「幹」！如果真的是跟這種目中無人眼睛又很白（白目）的副駕駛一起飛，這幾天日子可要難過了。

　　果然，詹姆士一上車就看到副駕駛人在車內慵懶的坐著，我試圖愉悅的跟他說聲早，沒想到沒有回應就算了，還給我結屎面。靠！公司為了省錢把我們放到工人住的破爛旅館，半夜還有小強陪睡。拎北徹夜未眠還免費贈送你個微笑…今天是要跟這樣的王八蛋一起飛？真的嗎？這日子怎麼過啊！大佬越想越悲哀，越想越難過……

交通車很快就把我們載到了名古屋機場。我跟副駕駛兩個人到了公司的簽派中心，公司規定報到後該做的事就是相互檢查飛行證件以及做酒測。今天照例一到簽派中心詹姆士就先把飛行證件掏出來檢查，接著開始審閱櫃檯上一疊疊今天的飛行文件，包含天氣、飛行計畫、飛航通告等等。通常這些文件都是機長與副駕駛兩個人一起討論。副駕駛今天詭異的不鳥我，他老兄板個Poker Face（撲克臉）不知道心裡是不是也默默唱著Lady GaGa的Poker Face。總之這位仁兄一早就掛上張死臉，逼的詹姆士不得已一切只能自己來。這是我進公司三年來第一次！第一次！第一次！一個人研讀所有飛行文件，因為很重要所以要說三遍。

才剛要開始閱讀文件，突然聞到一股酒味從這副駕駛的身上飄過來，這讓我想到今天還沒做酒測。我把酒測機拿起來吹了一下「Negative（陰性）」，吹完拿給副駕駛請他也吹一下，頓時就看他拿著酒測機東摸摸西搞搞，不知道想搞什麼名堂……肯定有鬼！

酒測機上面有兩個主要按鍵，一個是Fuction（功能鍵）、另一個是 Execute（執行鍵），吹氣時必須按壓Exec執行鍵，他老兄手偷偷壓在功能鍵上吹氣以為神不知鬼不覺。連吹了兩次手都默默的「放」在執行鍵上，實際上卻偷按功能鍵想矇混過關，我看不下去又不想給他難堪，索性把機器接了過來，好心的說：「來～我幫你按吧。」副駕駛臉色大變，我如此溫柔對待，他卻活像被捉姦在床似的。Well～好戲上演囉！

就這樣副駕駛連吹了三次，酒測機也無情的顯示三次「Positive（陽性）」這下糗了吧，我把一直坐在椅子上裝聾

作啞簽派員叫了過來，讓他知道副駕駛酒測檢查三次都沒有通過。接著，看著這位神人簽派員想盡各種妙方，嘗試要讓我的副駕駛把這酒測機吹出個「Negative」。數度失敗後，第四次終於奇蹟似的吹出一個Negative，簽派員轉向我，很認眞的對我說「OK」！

詹姆士非常嚴肅的看著簽派員：「我進公司快三年，第一次看到有飛行員沒辦法通過酒測，你跟我說這OK？」話說完轉向副駕駛：「老子剛剛眼睜睜看著你偷按功能鍵做酒測，還連試了兩次？你是個資深的副駕駛，會不知道這機器怎麼使用

↑執行任務前必先跟酒測機Kiss

嗎？」副駕駛狡辯說他按錯了。我問他昨晚有沒有跑趴喝酒？他仍然說沒有！

　　詹姆士這人刀子口豆腐心，不是真的要找誰麻煩，達到嚇阻作用就夠了，今天看他也囂張不起來就不繼續追究。我當著簽派員的面告訴副駕駛：「今天我就睜隻眼閉隻眼；你說沒喝酒，簽派員也說酒測ＯＫ，我就算了。」詹姆士說完就繼續研究等會兒的飛行資料，副駕駛一句謝謝都沒說，繼續在旁邊耍大牌不看資料，濃濃的酒味依舊瀰漫。我實在忍不住，這可是你自討的！詹姆士又把簽派員叫過來：「你有沒有聞到陣陣酒香？」簽派員點點頭。我當下發飆「你身為公司的簽派主管，聞到當班機師身上有酒精味卻沒有任何反應，你對得起搭我們天馬航空的客人嗎？另外，現在這狀況是不是該有處置的程序呢？」這話說完，簽派員才拿出一隻塑膠的吹氣管子接在機器上面，要副駕駛再吹一次。因為裝了這管子後吹出來的數據就可以更精準，不再是「陽性」或「陰性」，如果測出有酒精，酒測機上則會直接顯示出酒精濃度數據。副駕駛這一吹之下直接吹出了0.24，再試了幾次都還是0.24。沒話說了，故事結束，當場打電話進公司抓待命組員飛換掉副駕駛。

　　後來，我把簽派員叫到辦公室外面跟他說：「這是你的duty，沒有人願意當壞人，我已經明確的告訴你副駕駛酒測三次都沒有通過，你還裝聾作啞。我給你使眼神你也不理我。完全沒盡到你職責！」然後我進到屋裡見到滿臉驚慌失措的副駕駛，我跟他說：「I am a very nice captain, and it shouldn't be end up like this way. If you could just show some respect to your captain this morning, none of these things will happen. And this is how you don't show respect to Captain（我是一個很好相處的機長，事情本來不會變成這樣，如果今早你對我稍微有點敬意，現在這一切都不會發生，這就是不尊重機長的下場）。」

　　事後，詹姆士溫柔的內心世界竟然感受到一絲後悔，不應該害了這副駕駛。我心裡一直反覆的在想，如果今天是我被抓到酒測沒過，小日本會放過我嗎？但酒駕開車都很該死了，何況是酒駕開飛機？對得起乘客嗎，對得起自己嗎？

　　詹姆士把報告寫好上繳公司，幾天後突然接到一通公司副總打給我的電話，跟詹姆士噓寒問暖了一下，假笑的同時腦袋飛快掃描這幾天有沒有犯錯、有沒有值得被抓耙仔稟報上級的事件。後來副總跟我說：「王機長……關於前幾天這個酒測沒過的副駕駛，他年紀相當大了，在外面不好找工作，事發至今幾天已經先停止他飛行任務，至於後續就看您追不追究……」哈！懂了，我立刻回覆：「OK，沒事，能不處分就不要處分吧。」想也知道這個副駕駛以前也跟副總一起在JAS待過。副總似乎很滿意又接著問：「那這份報告是不是可以留在公司就好，不要往上報到民航局呢？」我當然說副總決定就好！就這樣副駕駛沒受任何處分返回線上繼續飛行，事情就被公司給搓湯圓搓掉了。這要是發生在我們外籍機師身上，待遇絕對大不相同。

　　事隔多日，詹姆士在某次上班報到時又巧遇這位副駕駛，看來他真的是Lady GaGa的忠實粉絲，仍然板著他最熱愛的Poker Face對我視若無睹。唉～誰叫我不是他的女神Lady GaGa呢？當初真的不應該跟蔣公一樣，對日本人以德報怨。我還是沒從蔣公的經驗中記取先人教訓啊！

32 皇帝考察官

　　在飛行不犯任何錯誤的情況下，要把飛行員搞下飛行線或是停飛，通常只有兩種情形，一種是每年的空勤體檢沒過，另外一種情形是每半年的模擬機複訓沒通過。大部分正常的情況下，只要體檢或是模擬機複訓通過後，我們都會開心的說：「又可以多賺半年的錢了。」我們的工作權就在每半年一輪的夾縫中求生存，所以民航機師並不是外界所預期的那種鐵飯碗，應該說，非但不是鐵飯碗，還是個非常不好捧的玻璃飯碗。

↑JCAB航查用考核單

除了上述的兩種正常情況，還有偶爾兒猛殺出的程咬金「民航局考查官航班抽查」，我們叫做「航查」。有一天，詹姆士上班時公司才突然通知今天航班有JCAB考察官航查我！TMD！這個月已經被自己公司航查了三次，今天更誇張，搞個民航局航路考察。而且是詹姆士都已經上班報到後才跟我說，讓我毫無準備，這分明就是搞我嘛。

沒辦法，人在屋簷下不得不低頭，強龍不壓地頭蛇，只能乖乖挾著懶蛋去飛行。第一趟航班是從東京羽田機場Haneda起飛到北海道的新千歲機場Chitose，接著第二趟從新千歲機場飛往東京成田機場Narita。JACB考察官會在新千歲機場等我們飛機到來，加入我們第二段的航程。按照正常程序，等飛機都準備好要登機前，考察官就會進到駕駛艙跟隨我們一起飛行，考核我們的飛行操作等等，到東京的成田機場落地後完成考核。

飛機在新千歲機場落地後，詹姆士隨即下飛機執行360度的機外檢查，回到飛機後，副駕駛慌慌張張的跑過來跟我說，JCAB考察官在候機室要我們倆帶著飛行執照去見他。啥？要我們去見他？詹姆士忍不住反問副駕駛。因為這不是正常程序，況且我在世界各國飛行到現在，遇航查也算正常，可是沒有叫飛行員去候機室的道理啊！

抱著一顆忐忑懷疑的心，和副駕駛一起拿著飛行執照來到候機室，一個老頭坐在客滿的候機室座椅中間，示意要我與副駕駛過去找他，應該就是JCAB的考察官沒錯了。老頭子皇帝似的翹個二郎腿，在所有乘客面前對著我倆訓話，頓時我與副駕駛活像個龜孫子。在場觀眾心裡一定千千萬萬種空中小劇場各自上演，我懷疑他們還敢搭這班飛機嗎？檢查完我倆的執照

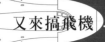

後，皇帝老頭又要檢查我倆飛行日誌，就這樣我與副駕駛在飛機與候機室間跑來跑去。之後整趟的航程他坐在我們駕駛艙裡面，陰森森的不發一語。原來載了顆不定時炸彈在飛機上就是這種感覺，只是這顆是人肉做的！詹姆士與副駕駛戰戰兢兢的飛完這趟航程，好險祖上積德沒犯任何錯誤，下飛機前也沒忘了標準90度鞠躬禮，謝謝皇帝老頭的指教。

　　我想這就是日本長年以來醜陋的飛行文化以及惡習，那麼多歐美機長無法忍受日本人並非空穴來風，也難怪日本駕駛艙文化是世界公認最惡劣糟糕、無可救藥的。後來據小道消息指出，日本人非常不信任老外機師，所以JCAB會監控放飛一年內的新老外機長，專門挑這些列管老外機長航查。

↑飛行員的飛行日誌，記載飛行員的飛行時數等等記錄

33 Comfort Inn一點也不comfort（舒適旅館一點也不舒適）

　　天馬航空國內線的航點算是非常密集的，在日本除了一兩個城市沒有過夜班外，幾乎所有公司飛行的航點飛行員都有過夜班，所以詹姆士在日本可以環島「住透透」。有些機場距離市中心非常的遠，好比桃園機場到台北市這種距離，遇到這種機場，很多公司就會選擇讓員工住在機場附近的旅館或是機場過境旅館。

　　名古屋機場就是一個例子，「名古屋」是城市的名字，機場叫做Centrair（中部機場）。機場位於中部愛知縣名古屋市以南的常滑市。套句我常說的話，常滑市就是個鳥不生蛋、烏龜不拉屎、猴子不打手槍的地方。從中部機場到名古屋市中心要一個小時，所以很多航空公司都選擇住在機場旅館，華航就是一例，我們公司則是選擇住在機場旁的小旅館。記得詹姆士第一次飛名古屋的過夜班，那天天空下著雨，搭著交通車往旅館的路上，一路上都可以看到路旁的告示牌寫著「常滑」，外面下著雨，司機轉彎時又不減速，嚇的詹姆士一直用手跟副駕駛比著車外「常滑」的告示牌，請他叫司機天雨路滑慢慢開。沒想到副駕駛笑了出來，告訴我「常滑」是地名，這裡叫「常滑市」。哎呀～真是糗啊！

　　2012年的跨年夜，詹姆士飛名古屋的過夜班，很爛的班，晚上落地時已經十點半了，好加在這天詹姆士在花花航空的老婆也同樣是名古屋的過夜班，更巧的是執行這班機的副駕駛是我的好兄弟Manny。

↑ 就是被這常滑招牌嚇到

　　換算了一下花花航空的起飛時間，跟Manny應該可以在空中遇到，詹姆士把我的航班號告訴了他，只可惜當天我們的飛機延誤，沒能在空中遇到兄弟Manny。我和Manny還有老婆約在機場飯店「Comfort Inn（舒適飯店）」的大廳，見到面後開始天南地北的聊起天來。話題不外乎就是幹譙公司，然後……繼續幹譙公司，大夥聊得嗨到忘記已經超過12點，還忘了有跨年倒數迎接2013這事。後來聊到累了就紛紛回房睡覺，畢竟隔天花花航空是一大早報到，要飛回台北的班。

　　和老婆睡到一半時，詹姆士發現她的手一直動一直動，嘴裡也念念有詞。我見狀決定叫醒老婆，結果她醒了之後說我救了她，說是做了噩夢。不過老婆沒把夢境細節交代清楚，詹姆士當時也就不以為意地當那是普通噩夢。但是她再次睡著後嘴裡還是念念有詞，手也繼續動個不停，於是我只好又把她

叫醒。這時雖然覺得有點不對勁，卻也不知道該怎麼做。找不出答案的詹姆士決定不管它繼續睡，可是才剛入眠不到一分鐘吧，靠！眼前居然一道強光！我睜大眼睛，全身卻動不了，居然被鬼壓床了。

　　正當心裡在想是該念佛號還是問候他老母的時候，突然冒出奇怪感覺，說時遲那時快，爆粗口好像是詹姆士的反射動作一樣，根本沒時間去想，「幹XX」就這樣被我用吼的爆出口了，不過這也讓我從被鬼壓床的狀態下脫身。這時候老婆醒來，直說是我亂吼把她給吵醒的。鬼壓床我可是有經驗，只是上一次發生這事應該是十年前了，要講到怪力亂神，詹姆士要是說自己第二名，沒人敢說第一名！早期我可還修過「靈山」通靈的。主題拉回來，因為飛了一天班實在太累，所以我還是繼續睡。之後老婆的手還是一直動且嘴裡念念有詞，不過看在她等會要早起上班就不想再叫醒她了。我心裡開始幹譙：「八格耶魯，有本事你就他媽的給我現形，不要在那裡給我當俗辣，玩小把戲鬧人，有種就玩大的，幹XX，八格耶魯。」

　　罵著罵著我居然在三字經的愉悅中又睡著了，夢中場景是這旅館房間，根據我多年經驗，只要夢境是現實睡覺的場景，多半是真的遇到。夢中詹姆士只記得站在飯店房間的衣櫥前面不知道在幹麼，然後聽到老婆叫我，正要轉身回頭時，這小王八蛋居然從詹姆士身後給我鬼壓床。夢境裡的感覺就是站著全身不能動、不能說話，痛苦到想死的感受。只可惜這小八王蛋不知道詹姆士可是有潑猴護體，大佬再一次用三字經問候他老母後，又輕鬆解危了。但是老婆又醒了，還再次嫌我把她吵醒，媽的！！！

　　看看時間快早上六點，我問她還要繼續睡嗎？她說不睡了，這時我才跟她說我被鬼壓床的事，根據詹姆士過往經驗研判，這間算是鬧得兇的。我老婆不喜歡聽這種事，所以我莫名其妙被電一頓後，還不准我跟她講細節，這應該算是標準的鴕鳥心態吧！

　　總之2012的跨年夜，當朋友們開開心心在台北一起倒數、欣賞101煙火以及郭富城跨年秀的同時，詹姆士在這裡問候別人老母一晚。然後深刻體驗——原來Comfort Inn一點也不comfort。

34 Top Shit list 狗屎名單榜首

詹姆士飛行了17年，鮮少有聽過哪家航空公司真的有線上的機師因為每半年的模擬機考核，或是年度的航路考核不及格而被開除的，頂多就是補考。但在天馬航空這是常態。很快的一年又過去了，就在詹姆士為了應付即將到來的航路考核，已經半個多月沒睡好覺時，又聽到一個朋友被公司開除的噩耗。天啊！在日本飛行真TMD痛苦，蝦郎能體會啊？

這位被公司開除的老外機長，在世界上任何國家的航空公司都應該會被表揚，唯獨在天馬航空會落得被開除的下場，各位看官且聽我細細道來。事發當天，這位機長晚班飛回東京羽田機場準備落地，大雨滂沱，機長左邊擋風玻璃的雨刷故障無法使用，由於雨勢過大眼前一片茫然根本看不到跑道，基於安全考量，機長決定給副駕駛執行落地（在日本，機長要做過特別的訓練和考核，才能給副駕駛落地）。當天的副駕駛非常資深，落了一個完美漂亮的落地。結果……奇葩公司知道後，立刻把機長給開除了！What the hell？

公司的說法如下：既然該機長不能給副駕駛落地，就算副駕駛可以合格落地，也不能讓他執行起降。正確的處置方式應該是，先執行重飛Go Around，讓飛機在空中待命holding，然後機長跟副駕駛在自動駕駛接上的情況下互換位置。如此一來，機長就可以坐在右邊，使用沒有壞掉的雨刷落地。

阿娘喂喔～～兩個人空中互換位置時，誰坐在駕駛座上操控飛機啦？難道換完位置副駕駛就可以合法的坐在左邊嗎？我

↑下雨時，開雨刷不無小補

的媽呀，公司這是哪門子創意十足的全新概念？小日本的思考邏輯，哇嗚～澈底顛覆了詹姆士的飛行世界！

公司為所欲為的跋扈事件實在太多，曾有個小日本DE（委任考核官），才進公司三個月，一飛沖天三級跳，直接晉級坐上公司考核官的寶座（想也知道又是JAS來的）。上個月有次航班起飛後，因為他個人疏失，導致飛機在一萬英呎時客艙失壓（註）。公司為了保護這位機長，嫁禍給機務，倒楣的機務單位成了此次最大受害者，吃了滿嘴黃蓮，有苦吐不出。

順道一提，在我們外籍機長的圈子裡面有張「Shit list！（狗屎名單！）」在Shit list名單裡的老外，一定都是犯過錯，或是惹惱過小日本，不然就是無意招惹過抓耙子。想也知道詹姆士不但在Shit list裡，而且常居榜首！（Top shit list！）咱們老外碰面時，最喜歡喝咖啡聊是非，更新社長「密馬名單」，

然後會互問：「who's on top shit list now？（現在誰是屎單榜首？）」只要有人出事，常常榜首就換人做了。

詹姆士現在遇到曾在日本飛行過的老外我都肅然起敬，因為曾共用一鍋粥的我們，心照不宣深刻的明瞭彼此經歷過了什麼，這也是為什麼日本JACB的執照在世界上，尤其是日本，一直很好用的原因。身為唯一在日本飛行的台灣機長我很驕傲！（不過釣魚台是我們的）

✈ （註）一般客機於飛行中，客艙皆處於加壓的狀態，雖然無法加壓至與平地一樣的壓力（這樣會導致內外壓差太大），至少不至於讓客艙壓力跟外界一樣。客機機身一旦有破洞或結構受損（或人為操作疏失），飛機將無法加壓。例如客機於35000英呎飛行，客艙壓力大約8000英呎，如果此時客艙失壓，客艙內壓力將迅速升高，最後跟外界壓力一樣。民航客機一般客艙壓力如果大於10000英呎時，氧氣面罩會自動掉落。

↑在機坪留下英姿

35 You don't have a good reputation
你聲名狼藉

　　一般航空公司對於機組人員請病假的規定不盡相同，也都各有配套措施。無論如何，飛行員生病都得注意，畢竟乘客也不希望自己的飛行員在駕駛艙裡面咳到掏心挖肺，或是廣播時頭痛欲裂的突然大叫Oh my god吧。航空公司針對突如其來的突發狀況，機組人員請假或是航班調動，無論前艙的飛行員或是後艙的空服員，公司都有一套應變機制，叫做Standby Crew（待命組員）。

　　待命組員顧名思義，就是要乖乖在家「待命」。待命視同任務，有開始與結束時間，這段待命時間內臨時有組員請假，公司就會立刻通知你，被通知的組員必須在規定的時間內，手刀奔向公司報到，執行任務。所以理論上來說，航班並不會因為飛行員臨時請病假而取消。

　　在詹姆士還沒到日本飛行前，除非逼不得已的情況下幾乎是不會請假的，將心比心，誰也不想在待命的時候被抓飛。假設詹姆士今天很不舒服而隔天又有班的話，我都會盡量撐到明天，絕對不會今晚就先請假，因為說不定經過一個晚上休息，小蟲隔天又是一尾活龍。除非隔天是天沒亮的摸黑早班，體貼公司可以提早通知待命的組員飛行，我才會提前一天就請假。

　　有次詹姆士身體不太舒服，不過為了秉持「我為人人、人人為我」的精神，我決定不請假，繼續上班。航班從東京起飛，當天任務四個落地，第二個航段會先返回東京，下客後再飛出去，因此詹姆士報到時就先跟公司打過招呼，說今天身

體不適，如果第一段的飛行過程中還是很不舒服的話，會發電報給公司，等航機飛回東京後再請待命組員接手。這樣一來公司至少有三個小時以上的準備時間可以聯絡待命組員，合情合理，體貼溫馨。

　　飛機停靠在停機坪後，詹姆士當著副駕駛的面吃了顆止痛藥，代表我等等已經不能飛行了喔。日本民航法對於飛行員用藥規定得非常嚴格，幾乎是服用任何藥物之後都禁止飛行，以前在其他地方飛行就自由多了，頭痛就吃個普拿疼，感冒就喝包服冒熱飲，有時還和副駕駛分享一包止痛藥呢。在日本除非請假，在飛行中即便頭痛、胃痛，想吃藥都要偷偷摸摸，趁副駕駛不注意時偷偷吃，為了避免白色恐怖，吃藥的證據舉凡藥罐、殘渣、包裝，一定都要全面的毀屍滅跡。

　　後來等客人全部離機後，遲遲等不到來代替我的待命組員……公司瞭解我的狀況後，竟然來電叫我繼續執勤！什麼？我的待命機長呢？後來才知道公司因為長期缺機長，根本沒有安排待命機長的班。這……膽子也太大了吧！如果公司心存僥倖不安排待命組員，這責任為什麼要我們來承擔呢？

　　事後詹姆士慘遭公司指控，堅持詹姆士不願意和當天的副駕駛合作飛行，所以請假拒飛。士可殺不可辱，隨即找航務處長理論。我問處長，怎麼可以空口無憑的以小人之心度君子之腹？我把當天自己身體如何不適還堅持先到公司報到的原委都告訴他。處長聽完之後看著我：「Because you don't have a good reputation.（因為你聲名狼藉。）」詹姆士的理智線瞬間「啪」的一聲，斷裂成千千萬萬段。

　　想必這一定是詹姆士擇善固執，舉報了諸多不合情理的小

日本案例，才會慘遭公報私仇吧。了解日本人的民族性後也就見怪不怪，從那天起只要我身體不舒服，二話不說立刻請病假先。

　　有次，詹姆士剛好在登機門口巧遇下班的兩位日本籍機師，大家都穿Polo衫，看不出誰才是真正的機長。基於禮貌把大家都當成機長噓寒問暖一番。這時其中一位問我：「你身體還好嗎？」詹姆士一時沒有反應過來，猶豫了一下回答：「OK，不錯啊。」沒想到他臉色鐵青板起臉跟我說：「以後不要再請假了！」What？詹姆士剛剛是被警告了嗎？請病假難道不是我的基本權利？老子可是有免死金牌「醫師證明」，難不成你要我帶病飛行。我嚴厲的告訴他：「不，請假是我的權利，我沒有超能力控制病毒別來攻擊我，很抱歉我不能答應你的要求。」原來有天這個小日本準備要下班，卻因為我請病假造成他被加班，延誤了他的下班時間。

↑除冰車在為飛機噴除防冰液

這事件過後詹姆士沒有多想，無意間卻聽到了辦公室傳來的風聲：這位機長因為待命事件對我很有成見。我查了一下班表，他員工序號的排序在所有日本籍機長裡面是第一號，難怪，天字第一號嘛！！（代表最資深）

　　關於這待命組員，詹姆士還有個故事。登上Top shit list幾天後，我在某個大颱風天的日子在家待命，眼看時間一分一秒過去，真心祈禱著今天能夠安全下莊不被抓飛，沒想到手機響起，公司通知有一班飛往沖繩的航班臨時需要機長去飛。我匆忙趕到機場，看到公司櫃台前客人大排長龍，心裡有數這航班已經延誤了非常久。二話不說以最快的速度上飛機準備，上飛機後遇到當班的副駕駛，詹姆士問他：「欸，原本飛這段航班的機長呢？」沒想到副駕駛跟大佬說原本的機長看了沖繩機場的天氣，知道現在颱風當頭大風大雨，因此認為太危險不願意飛行。靠！不問還好，你不願意飛行難道我就願意在颱風夜裡冒著生命危險飛行嗎？像這種人就非常沒有airmanship（飛行員情誼），大家可千萬不要模仿喔。

↑大佬遇到飛機爆胎

36 Don't ever lie again!
以後別再說謊！

　　話說詹姆士有那麼一兩次遇上態度不佳的副駕駛也就算了，居然連後艙空服員都有膽胡鬧。今天上飛機前跟後艙組員做任務簡報時就感覺座艙長屌屌的不太理人，我心裡還在想「屌個屁啊？」沒想到上飛機後，真的馬上就出狀況。

　　天馬航空的飛行員在執勤時只提供礦泉水，想升等喝咖啡可得要自掏腰包，120日圓三合一加熱水伺候。好在公司的機師因為軟性規定不想在飛機上上廁所，所以也不太敢喝咖啡，讓公司賺咖啡錢的機會不大，真要賺也給星巴克賺。

　　由於今天天氣實在太熱，上飛機後詹姆士便跟座艙長要了杯冰塊，哪知座艙長跟我說飛機上沒有冰塊！忽悠我啊？怎麼可能沒冰塊! 重複問了好幾次，座艙長回答我就是沒有冰塊！我問她：「每個航班飛機上都有冰塊，為什麼今天這班沒有呢？難道這是公司的新政策，飛機不上冰塊嗎？」座艙長回答：「YES！」後來卻又改口，語畢即伸出她那雙手跟我討120元日幣。

　　眼看座艙長就要點燃機長的怒火了：「一杯冰塊要120元？」她說：「120元加咖啡。」我接著問：「只要冰塊不要咖啡不行嗎？」座艙長回答：「規定不行。」不行？這大佬還真不知道，我只好請她攤開規定給我瞧瞧，這一來她反倒支支吾吾說不出話。

　　天氣已經夠熱，憤怒的火焰又在心中熊熊燃燒，先不管冰塊不冰塊，我問她為什麼要說謊？只見她立刻跑到後面廚

房拿冰塊來給我，眼看登機時間到了，絕不能因為機長怒火燎原想要冰塊降溫而延誤航班，不然到時捲舖蓋回家吃自己時，就真的只能吃冰塊了。詹姆士趕緊先進駕駛艙準備，沒多久座艙長把冰塊送進來，正準備要開示這座艙長時，她居然先下手為強：「現在先登機，有話落地再說……」大佬當場被她打槍了，不過座艙長說的確實有道理，不是什麼大事，本來就不用現在立刻處理，只好忍到落地後再說。

　　落地後我把座艙長叫進駕駛艙，嚴正告訴她：「我必須寫妳一份報告，原因跟飛機上有沒有冰塊無關，而是因為妳說謊欺騙機長！妳跟我曾一起飛過，清楚我不是菜鳥，這種狀況下妳都敢欺騙，面對未來新進的外籍機長還得了？希望你未來可以對外籍機長如同對待日籍機長般，我們一起互相尊重、互相幫忙。」還有，「Don't ever lie again！（以後別再說謊！）」我嚴肅的補上一句。

　　回到公司簽派中心，詹姆士向公司表示舉報座艙長，簽派員卻說從來沒有機長打過座艙長的報告。喔！是嗎？「Very Good！I'll be the first one to make this report.（很好！我就是第一個打座艙長報告的人。）」憑什麼全公司都可以當外籍機長的抓耙仔，老外就不能當抓耙仔？天馬航空外籍機長的尊嚴怎麼能夠被如此踐踏！

　　副駕駛跟簽派稀稀疏疏討論很久後跑來告訴我：「稟報王機長，這報告一旦上呈朝廷，龍顏大怒，不但降罪下來，還極有可能加發諭旨，以後所有飛行員禁止使用飛機上冰塊！」靠！根本逼我！幾經考慮後，為了顧全大局只好放過座艙長一條小命。

　　另一次火大的狀況，發生在詹姆士的飛機停在外機坪時，停在外機坪的飛機，客人必須從登機門搭機場接駁車到外機坪，通常會提早登機。今天飛機表定的起飛時間是下午五點鐘整，座艙長四點四十分就開始登機，到五點鐘整接駁車往返了幾次，客人還是沒有到齊。公司有個惡習，到了起飛前幾分鐘還不願意關閉賣票的櫃台繼續收客。要知道，乘客從櫃台買票與親朋好友十八相送過安檢X光機，脫脫穿穿經免稅商店不小心買一下，最後小碎步邊跑邊找登機門……整個過程至少十分鐘以上，大一點的機場20分鐘起跳，更別說如果飛機停在外機坪，還要再轉搭接駁車。

　　果然航班延誤30分鐘後客人才終於到齊，我跟副駕駛說無論如何我這次都要寫報告。憑什麼全世界的人都可以寫我們機師報告，甚至有兩三次不是我出錯造成飛機延誤，也被捅黑函。地勤延誤、貨運延誤、空服延誤就沒有錯，千錯萬錯都是飛行員的錯？

　　詹姆士把報告交給公司，特別在報告後面註明：「請回覆處理狀況。」隔天立刻收到公司回覆：「此次航班延誤，原因歸咎為客人的疏失，沒有任何單位需要負責。」看大佬的書到現在，身為讀者的你們想必對這樣的回覆也不意外吧，哈哈！

CAPTAIN REPORT

PAGE NO. (| / |)

Operations Officer	Manager Crew Management Sec.	General Manager Crew Management Dept.	General manager Training & Check Pilots Dept.	CAPTAIN REPORT NO.	COPY TO	INQUIRY TO
Received by					Safety Promotion Council / Head of Traffic/ Training/ Technical Div. / GM. Crew Management/ Airport Operations Training& Check Pilots Dept / Flight Operations/ Flight quality monitoring Sec Maintenance Engineering Sec. (concerned ship Trouble) Concerned Dept (if necessary)	
MAR /2 6/14				(by Crew Management Sec.)		
M / D / Y	M / D / Y	M / D / Y	M / D / Y			M / D / Y

The PIC should submit this report to Ground operations personnel within a day after the flight.

If unable to submit promptly, send by FAX to 03-5708-8229

SUBJECT Departure Delay 30 minute

PIC JAMES WANG1   FO OMORI   FLIGHT CREW as PF ☑ PIC ☐ FO

DATE M 3 D 26 Y 2014   TIME 17:25   UTO☑CL) · TO ☐ FO

REG No. JA 737 NE   FLT NR SKY 971   FROM HND · TO CTS

A/C TYPE B738

ALT N.A   SPEED N.A   LOCATION on Ground   FLAP UP   GEAR DOWN

CAUSES/FACTOR			
Note) Supplemental report form shall be filled out and attached when reporting underlined items	☐ MALFUNCTION	☐ ATC	☐ LARGE HEIGHT DEVIATION REPORT
	☐ WARNING	☐ WEATHER	☐ THUNDER BOLT/L GHTNING
	☐ FLT PLAN/DISPATCH	☑ GROUND SUPPORT	☐ AIR TRAFFIC CONFLICT
	☐ CREW	☐ GPWS WARNING	☐ NEAR COLLISION
	☐ PAX	☐ BIRD STRIKE	☐ ELEC INTERFERENCE
	☐ RVSM	☐ TCAS RA	☐ DISTRESS COMMUNICATION
	☐ RNAV		☑ OTHERS(PAX boarding Delay

PHASE			
	☑ PARKED	☐ TAXI OUT	☐ TAKEOFF
	☐ CLIMB	☐ CRUISE	☐ DESCENT
	☐ APPROACH	☐ LANDING	☐ TAXI IN
	☐ OTHERS(		

Fill in using RWY and Type of Approach as needed. (RWY N.A / Type of Approach N.A

EVENTS			
	☐ GROUND TURN BACK	☐ RTO (KTS)	☐ AIR TURN BACK
	☐ DIVERT (AP)	☐ EMERGENCY LANDING	☐ FUEL DUMP (LBS)
	☐ RWY/TWY INCURSION	☐ E/G IN-FLT SHUT DOWN	☐ ABNORM. STOP/RWY CLOSE
	☑ OTHERS(Delay 30min for departure.		

DAMAGES			
	☐ INJURY	☐ ENGINE	☐ AIRFRAME
	☐ A/P FACILITY	☐ OTHERS ( )	☑ NO DAMAGE

DESCRIPTION. (Please print.)

For schedule flight 971, the schedule departure time was set to 17:25.

the crew started board PAX on 17:05, which was 20 minute before schedule

departure. For unknow reason, after the PBY bus came and finished, crew were

waiting long time for PAX. The aircraft finally push back at 17:55.

It tooks 50 minute to board 160 PAX, and cause flight 971 total a

30 minute delay.

CLOSE	FOLLOW UP SHEET NO	NOTE	Safety Promotion Council	SIGNATURE
General Manager Crew Management Dept.				EMPLOYEE NO. 25.1717

SKY ★

↑當天打地勤延誤的報告

37 內憂外患

　　所謂的公司體制的建立，通常是確保穩定的工作環境，只可惜這在天馬航空從不成立。對內，JAL和JAS兩大飛行員權力鬥爭從來都沒有停止過。對外，天馬航空全體飛行員也要千方百計的抵擋惡整我們的邪惡勢力「JCAB考試官」，天馬航空的機師只能說被內憂與外患雙面夾殺，日子水深火熱。

　　這幾天詹姆士又帶個老外訓練生飛行，只要是跟老外一起飛行我們都要有強大的自制能力，因為知音難尋，大家很容易聊到忘我的境界而疏忽了飛行的小細節。這個老外是個巴西人，會跟大佬飛到，代表剛下飛行線，現在處於副駕駛航路訓練的階段。我照例問了他們班報到至今的存亡人數，巴西佬告訴我已經半軍覆沒了，他還跟我說前幾天他們班才有位同學剛跟JCAB考試官做完航路考核（最後的大魔王）。

　　通常聽到JCAB航路考核，我第一件事就會問考試官是誰？巴西佬跟我說是「馬基」，大佬一聽到這名字，心就死一半，替他的同學感到悲傷，因為馬基就是先前考天馬航空慘遭滑鐵盧，心懷怨恨跑去民航局當考官的殺手之一。沒想到巴西佬說他同學通過馬基的考試過關了！正要替他同學開香檳慶祝之際，巴西佬又說，但公司考官是籤王「安東」。這位同學你真是太不幸了！結論就是即便JCAB考試官馬基認為那位同學過關，但是公司考官安東還是把他給淘汰了。這無疑是公司給JCAB考試官馬基賞了一個大大的耳光。

　　幾天後，安東帶兩個學員進行模擬機考核（大魔王第一

↑老外在外站相聚通常把酒言歡

關），JCAB考試官正好又是馬基，考試結束後兩位學員通過
JCAB考試，馬基卻把安東給Fail了（不及格）。什麼情況？明
明安東是公司的考試官，是代表天馬航空配合JCAB考試的考試
官，受考的人也不是他，怎麼變成他不及格？後來安東還被要
求飛幾堂模擬機的課，飛完後參加考試！

　　事隔多日，另一位老外機長參加JCAB的航路考核，好死不
死的又遇上了冤家路窄的「馬安（馬基、安東）」籤王組合。
同樣的劇碼又再上演一次，可憐的訓練生，只能不幸的淪為公
司與JCAB考試官戰火下的犧牲者。

38 無法忍受毫無飛行藝術的小日本飛行員（1）

先前的文章中曾提到過，日本的機長一般是不會給副駕駛飛行的（起降），即使像我們公司飛國內線，平均一個月必須要執行60個落地，日本的副駕駛一個月大概也只能有兩個或三個落地。所以在我們公司，大部分的時候機長都是起飛收機輪後將飛機交給副駕駛飛，進場前再把飛機控制權還回給機長。

詹姆士放飛一年後，天馬航空有鑑於大多數副駕駛都無法執行起飛落地，所以公司選出一批稍微資深的外籍機長，把我們全部抓進模擬機訓練成Guidance Captain（指導機長）。當時大佬立即跟公司反應不願意成為Guidance Captain（指導機長），薪水沒增加卻要承擔被小日本亂飛以及重落地的風險，想當然爾公司當然不准，所以只能夾緊肛門成為必須給小日本副駕駛起飛和落地的Guidance Captain。

以詹姆士在世界各國執勤經驗，真的沒有遇過比日本人更天兵的飛行員，即便是日籍機長也一樣完全不懂飛行的藝術。

我最不能接受的就是每次飛機巡航要接近下降點時，小日本一定會很早就申請下降，即便現在的巡航高度，屁股吹了一百多浬的尾風，小日本只要看快到了下降點，就是不管三七二十一的請求下降。然後最後進場20到30海浬前就早早把飛機改成平飛，捅著大油門去攔截落地系統。

這樣的作法不但耗油並且讓乘客很不舒服，正常的高竿飛行員，都希望飛機在空中撐得越久越好（因為高度越高越省油）。然後計畫從開始下降後油門一收，就盡可能的保持油門

不再補上來，以負三度的飛行路徑下滑角完美下降，然後一路攔截到儀器進場系統，達成一趟完美的飛行。當然有時候因為航管的原因，總是會事與願違，不能夠次次都如此完美。但就大佬本身，無論航管如何fuck up我的下降計畫，十次飛行總是能有八九次可以做到完美。對我來說飛行的樂趣就在這裡，飛行不單單只是最後落地那一把漂不漂亮，即便有時一天四個落地，最後一趟進場時都已經迷迷糊糊、睡眼惺忪，詹姆士還是可以保持好三度下滑角攔到儀器進場系統，真不曉得這樣一個簡單的飛行反射動作，對小日本竟如此困難。

　　更誇張的是，大部分的副駕駛非常喜歡使用speed break（減速板）， 高度稍高一咪咪，就把減速板拉起；速度略大個

↑ Speed BREAK（737減速板手柄）

一兩海浬，手又伸過來拉減速板。殊不知正常的飛行員，能不用到減速板就盡可能不用，這才是高竿的飛行藝術，而不是動不動就拉一下減速板，你屎會動不動拉一下嗎？

如果跟「老頭」副駕駛飛行時，我通常不會多說什麼，遇到年輕副駕駛，我則會跟他們說：「要照你這樣下降的話，放隻猴子來飛就好啦，要你幹麼呢？反正都完全沒有任何下降計畫，你會做的事猴子也會做。以你們現在的程度，在台灣無論是華航或長榮，連最基本的航路訓練都絕對不可能過得了關。」在台灣，航路訓練decent planning（下降計畫）是非常重要的一環。

如果我給副駕駛飛行，在Briefing（下降簡報）時我一定會很認真嚴肅的跟他們說：1.試著別在機場30浬外就低高度改平飛，捅著大油門攔截進場系統；2.試著不要早早下降，下降後又改平捅大油門燒油，然後又再下降又改平。可惜的是，大佬在日本飛到現在，沒有任何一個日本機師可以做到這點，真是替他們感到遺憾。

這讓我想到，去年年度航路考核的時候，我跟公司的民航局委任考官考試，這考試官就是大佬在本書開頭時提到過天馬航空三位「籤王」考試官之一。當天考一個東京飛福岡的來回，天氣不錯讓我稍微小試了一下身手，福岡進場時隨隨便便就把下降計畫搞得準準的，一路邊算邊飛，邊飛邊算，最後同步攔上儀器進場系統。當我心裡正洋洋得意，落地後要接著考口試時，考官跟我說：「你今天的航路考試應該要不及格，我現在給你一個機會，看看你口試成績如何，如果口試表現不錯，我今天就勉強讓你航路考核通過。而你今天如果不及格，

原因是在執行儀器進場前飛機必須先改平捅大油門。」

　　這是我這輩子飛行以來聽過最好笑的笑話了，但當下他是考官，我能說什麼呢？我也只能很俗辣的回答：「Yes sir, sorry sir。」這種狀況，與前面的文章呼應，證明日本航空圈的傳統跟CRM是非常非常惡劣的。沒想到這樣的人可以待在公司當民航局的考核官，偏偏日本的航空公司真的到處都是這樣子的老人，把非標準操作程序以及非SOP的東西繼續強押給下一代。我跟所有外籍機長都一致認同，日本是全世界CRM最糟糕的國家。

　　這位公司的民航局委任考核官，後來有次在帶飛學員模擬機的時候，遇上社長突然要求進入模擬機觀摩，他以違反民航局規定為由拒絕讓社長進入模擬機，之後就再也沒看到這位籤王考核官出現在公司裡面了……

39 無法忍受毫無飛行藝術的小日本飛行員（2）

詹姆士常講：「沒這屁股就不要拉這屎；膽子不夠大就別來當飛行員。」大佬飛行到現在，常常看到有飛行員遇到一點小亂流就死巴著駕駛桿不放，不知道是怕飛機會像煎荷包蛋一樣翻面還是怎樣。這種情況在日本更是明顯！每每只要遇到一點小氣流（不是亂流喔），副駕駛就會緊張的雙手緊緊抓住飛機的駕駛桿，這種時候我都會跟副駕駛說：「Hey, take it easy! 輕鬆點，飛機沒那麼容易翻掉ok。飛機不是紙糊的，自動駕駛也沒那麼容易因為亂流就會跳掉。」我飛行了快二十年，還真的看過幾次飛機的自動駕駛跳掉，而原因多半都是因為飛行員雙手緊握駕駛桿，抓得力道太緊導致跟飛機的控制系統相牴觸，自動駕駛只好跳掉還給機師操控，這種情況還真不勝枚舉呢。

這讓大佬突然想起，以前還在X信飛行訓練學校當副駕駛時，有次跟一位被別家公司踢來的航務主管一起飛行的趣事，當天飛機起飛後立刻一個大幅度的右轉彎，這位腦殘的機長把自己的膝蓋擺在737的駕駛桿下面，飛機轉彎時駕駛桿牴觸到他大腿，因此卡在他大腿上造成自動駕駛跳掉。他老兄只差沒嚇到尿褲子，事後我解釋給他聽，卻被狠狠臭罵了一頓，一路罵到下飛機。

舉這例子只是要讓讀者們知道，飛機的自動駕駛真的沒那麼容易跳掉，即使在最差的情況下自動駕駛跳掉了，飛機也不會就這樣翻掉。現在飛機的設計，飛行員想讓飛機故意以垂直

落體九十度往地球表面衝，還真的需要些技術呢。

　　跟詹姆士一起飛行的日本副駕駛，大部分都非常厲害，從飛機起飛離地後，手可以抓在駕駛桿上面握三個小時，你不累老子看了都累。很多飛行員都有個不好的習慣，比如說起飛後到了減推力高度，只要油門一動，立刻緊張的用手去抓油門。有什麼好緊張的啊？就像大佬說的：「膽子不夠大就不要來當飛行員。」我每次都會問副駕駛伸手去抓油門是要幹麼，副駕駛都一致的回答我：「保護，以防止油門會突然整個收掉，導致飛機失去動力。」您娘卡好啦！你會怕飛機自動油門突然收掉所以伸手要扶油門，那怎麼不擔心起落架會突然就放下了，手要不要去順便扶一下起落架手柄啊？要不要順便擔心一下擋風玻璃會突然破掉，你的椅子會突然鬆動滑脫掉，引擎螺絲沒鎖好會直接隨風搖擺飄落呢？

　　知不知道我最擔心的是什麼啊？我最擔心的就是小日本副駕駛突然腦殘，沒事手亂抓給我一緊張就把油門收掉了，這飛機的信賴度肯定是高過這些膽小的機師。我常常跟小日本副駕駛講：「一遇到亂流你們就緊張的抓緊駕駛桿，油門只要一有

↑氣象雷達面板有雷達迴波角度可以選擇

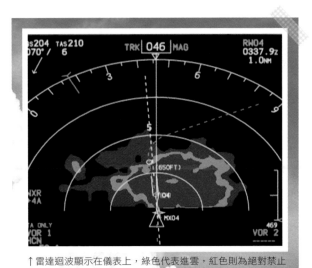

↑雷達迴波顯示在儀表上,綠色代表進雲,紅色則為絕對禁止
　穿越的暴雨區

變化就立刻緊張的手去扶著油門,那飛Airbus空中巴士的飛行員
怎麼辦?你抓給我看啊?空中巴士連駕駛桿都沒有你抓誰啊,
回家抓自己老母啦!手再去扶油門啊,扶給我看看啊!空中巴
士油門的設計是有個「止檔」位置的,油門擺到止檔位置就不
會動了,最好你把油門抓出止檔位置,看看會怎樣啊。」與
其跟這種副駕駛或機長飛,詹姆士個人反倒喜歡跟那種老神在
在,泰山崩於前而面不改色的人飛,這種飛行員遇到危機狀況
時,通常是能夠立即冷靜處理的人。

　　讓我們再回到小日本毫無飛行藝術可言的飛行習慣上,
再來談談氣象雷達好了。氣象雷達是飛行員每趟飛行的必須
裝備。可惜的是,雖然現在公司有將近百位的副駕駛,詹姆士
到現在都沒遇到一位真正懂得如何使用氣象雷達的高手。我可
以大膽的說日本公司懂得用氣象雷達的機長跟副駕駛根本沒有
幾個人,氣象雷達這東西簡單來說,就是飛機往哪飛雷達往哪

照。

　　如果是副駕駛主飛，代表這趟的氣象雷達是他主控，每次飛機還在爬升的階段副駕駛都把雷達的角度調成零度，甚至有人調成負一度。明明飛機在爬升，你不看前面爬升的途徑，卻把雷達往地面照，結果就是爬升時看到的都是雷達紅紅的回波，紅色回波代表有雷雨雲，沒事自己嚇自己！拎伯現在在爬升，我管它下面在幹麼，每次只要看到副駕駛又手賤了在那裡給我亂調氣象雷達角度嚇自己，我就會把他調回來。我曾經問過幾位不同的副駕駛：「為什麼你們爬升時要這樣把氣象雷達角度調成零度或負的呢？」副駕駛給我的答案都是：「不知道耶，前輩教的。」

　　起初我還會很有耐心的教副駕駛如何使用氣象雷達，但是發現他們對我的建議一概不領情、不認同之後，我就不再教日本副駕駛飛行技巧以及這些知識性的東西了。有很多時候我會跟非常年輕的副駕駛飛行，他們通常是剛剛上線的機師而已，可是身上已經流著那些老頭副駕駛的血液。真的很可惜，才那麼年輕就被教育成那種樣子，所有的飛行手法都停滯不前，包含上一篇講到的下降方式以及剛剛提到的氣象雷達操作等等。看久了就會發覺日本航空圈其實非常悲哀，這些原本可以改變日本航空界的新人，在還沒來得及有能力茁壯時就已經被教育成神風特攻隊。重點是這些新人並不知道外面的航空世界是什麼樣子，日本航空圈以及CRM要能夠追上現代的國家，再幾個世紀都不可能。

　　回頭想想台灣現在的航空圈，就是被我們這些當年的小種子給改變起來的！

40 發制服就以為留得住人

　　最近詹姆士比較有機會跟年輕的副駕駛一起執行任務，有天我跟一位剛放飛的副駕駛一起飛行，聊天時隨口問起他在天馬航空的薪水行情。他告訴我說他們年輕副駕駛的薪水非常之低，24萬日幣的底薪加上18萬的津貼，一個月實領薪水42萬日幣，相當於台幣10萬6千。這個價錢……連台灣的副駕駛領的都比他高，何況是在物價如此高的日本。

　　這年輕人又說他老婆在全日空當座艙長，最近才剛因為懷孕而離職，以後準備當個全職媽媽在家帶小孩。我聽了又問這副駕駛他老婆在全日空當座艙長時的月薪，而他回答說有100萬日幣，相當於25萬台幣。我當下瞪大雙眼提高音量告訴他：「你才是那個應該離職在家帶小孩的人吧！」

↑天馬航空的短裙新制服，**2013.12.24**日《蘋果日報》報導

天馬航空在2014年的時候發生了很多大事，包含年初的時候公司引進了新機種空中巴士A330，以及公司空服員總算有了制服——迷你連身裙。只是後來工會抗議說這種迷你裙是汙衊女性，所以硬是把裙子給加長了。再來是巨無霸客機A380的訂單被空中巴士集團退單，造成天馬航空必須付出數百億日圓

↑《世界民航雜誌》第213期介紹天馬航空的短裙制服

的違約金。然後是數家LCC（廉價航空）開始在日本大肆挖角機師，公司裡的年輕副駕駛，很多都才放飛一年多就決定離開公司了，2014年是天馬航空日籍機長以及副駕駛離開人數最密集的一年。

有天詹姆士跟某位副駕駛一起執行他在天馬航空的最後一趟畢業之旅，之後他就要加入Jetstar Japan（日本捷星航空）。一輪四天的班，第一天詹姆士要給他飛的時候開玩笑的嚇嚇他：「我要是你，這幾天我就不會做任何起降，唱唱無線電就好，你是待退老兵，八字輕很容易出包的。」然後花了半小時跟他解釋了什麼是中國人的八字，還幫這副駕駛算了算他的八

字，居然有五兩一耶，挺重。

　　總之他老兄肯定是相信了，往後四天的飛行他一個落地也不願意飛，最終安全下莊。他跟大佬說他與天馬航空解約時要賠好幾百萬新台幣，但是這種雇主綁住員工的合約在日本是違法的，國家有保護勞工的機制，所以他們可以不用擔心合約賠償金問題而離開（聽說香港也是如此）。他還跟我說，他跟Jetstar捷星面試時，面試官叫他別管天馬航空的合約，別賠錢給天馬航空，捷星會挺你！這種事在台灣的航空圈絕對不可能發生，台灣政府就只會保障財團，欺負勞工而已。

　　最後這位副駕駛跟我說，下個月公司還會再走八位副駕駛。公司現在已經研商要讓我們穿制服，上頭居然認為年輕副駕駛大量離職的原因，是因為沒有光鮮亮麗、高帥挺拔的制服可以穿！我的媽呀……

↑天馬航空新制服，被加長後的裙子。

41 巷口的百年花花牛肉麵店

年初大佬休假回台灣的時候，趕上了轟動一時的黃絲帶事件。看著航空業界的同袍們紛紛掛著黃絲帶，讓詹姆士想起小時候巷口的牛肉麵店。

大佬家巷口有間開了56年的老牛肉麵店，叫做花花牛肉麵。詹姆士是從小吃巷口花花麵店長大的外省小孩，從小看著這家麵店因為廚師的操作不當，發生過幾次臭名遠播的食安意外。然而支持花花牛肉麵店的客人們並沒有因為這樣而選擇到其他餐廳用餐，因為我們村裡的鄉親們都對這家老字號的麵店懷有一份特殊的革命情感。或許這是我們村裡的第一家牛肉麵店，也或許這花花麵店在我們村子草創初期時給了我們村子很大的幫助，大家對它還是有所期待的。

詹姆士跟朋友們都特別喜歡到花花麵店吃麵，原因無他，因為花花麵店服務員的美貌以及氣質總是其他餐廳無法比擬的，尤其是服務態度出奇的好。每每跟朋友到花花麵店吃麵總覺得是在欣賞佳麗們選美，覺得村裡的美女好像都擠到了花花麵店工作似的。麵店裡當然也有帥氣的男服務員，只能說男的帥女的美。

花花麵店是個家族事業，這些年我與村裡的朋友們看著花花麵店換過好幾次的老闆，橫豎都是自家親戚，誰接手都一樣。誠如一般的老字號小吃店，裝潢破舊老闆也不在乎，反正客人還是會進來消費。一路走來我們看過不少讓人心痛的事發生在店裡。麵店生意門庭若市，老闆卻賺了錢就跑，也看過公司賠錢，老闆拍拍屁股就走人。而村民們都知道，花花牛肉麵

店能夠經營到今天，全都是因爲一群可愛服務員親切的服務和
笑容，還有隱身在廚房裡努力料理出好菜的廚師們的功勞。看
不見這一切的，卻是那些年來來去去接手花花麵店的外行老闆
們！

　　話說早在多年前，村裡又開了另一家麵店叫昂農麵店。
老闆本來是開船的，覺得民以食爲天，看準了現在村裡只有一
家花花牛肉麵，評估後認爲商機夠大，於是遠赴日本取經，整
家昂農麵店的管理規則及方式一貫採用日系作法。例如到昂農
受訓的廚師跟服務員，在受訓期間必須住在昂農公司的員工宿
舍，只有週末可以外出，早上要早點名晨跑運動、中午要集體
上餐廳吃飯、晚上還要晚點名，只差不用唱軍歌答數，搞的跟
當兵沒有什麼兩樣。（跟天馬航空挺像）

　　昂農麵店是家很奇特的餐廳，公司不收男性服務員，爲了
讓女性服務員能幹些粗重的活，昂農麵店招生時都喜歡挑選虎
背熊腰，人高馬大的服務員，面貌則在其次。說到這就不得不
提段小插曲，由於兩家麵店就開在對門，服務員難免碰面，互
嗆的事也偶而會發生。最常聽到是昂農的服務員都會笑花花牛
肉麵的服務員說：「哈哈哈，你們出過那麼多事，小心出意外
送命。」而花花牛肉麵的服務員總是會回一句：「我們寧願死
於意外，也不要像你們一樣醜死！」（花花麵店現在準備換像
無敵鐵金剛的新制服，往後大概怎樣都囂張不起來了！）

　　回歸主題，剛說到昂農是家很奇特的餐廳，雖然服務員比
不上花花牛肉麵，終究還是服務業，大家也都是盡心盡力地在
工作崗位上爲村民努力服務。昂農麵店是私人企業，麵店賺錢
老闆就賺錢，反之亦然。所以昂農麵店的老闆特別用心經營這
家新的麵店，對自己的員工非常好。相較之下，花花麵店的老

闆，反正盈虧都不干他的事，對員工的福利也就更漠不關心。幾年前，昂農老闆居然自己也跑到美國考了張廚師執照回來，好讓他自己可以在自家的麵店親自下廚。由於麵店是自己開的，昂農老闆當然毫不吝嗇的升自己為自家麵店的行政主廚。當村裡的民眾都在誇獎昂農老闆好厲害的同時，只有我們知道，沒有磨上八年十年怎麼可能真正當主廚呢？所以昂農老闆只是掛著行政主廚的頭銜，當開伙煮菜時都有其他資深主廚在旁邊盯著，掛保險。想想也無可厚非，總不能叫老闆在廚房當二廚吧？每次老闆要進廚房下廚時，公司就會增派資深的主廚陪著老闆一起下廚，對於用餐的客人不是多一種保障嗎？況且這年頭願意親自下廚體驗廚師及服務員辛苦的餐廳老闆還真不好找了！

　　說了那麼多，其實是要講最近有幾件特別讓村裡居民覺得諷刺的事。不知道從什麼時候起，昂農麵店找了當下最火紅的卡通明星擔任店裡打廣告用的吉祥物，那是一隻詹姆士找不到嘴巴的貓「哈囉凱蒂」。昂農麵店內的所有擺設如椅套、小枕頭、茶杯紙巾等等都印上了這隻沒有嘴巴的貓，連服務員都穿上凱蒂的圍裙，好不可愛。反觀花花牛肉麵，不但沒有立刻以懶懶熊、海綿寶寶，或是美少女戰士、哆拉A夢，這種大小朋友都喜歡的明星來反制昂農，反而搞了個舞團照片出來，又弄個抽象畫漆在麵店牆壁當廣告。村民多半看不懂，但也沒人覺得它是美的，把好端端的牛肉麵店搞成四不像。更可笑的是，去年昂農砸下重金請來家喻戶曉人神皆知的中年大帥哥精乘五拍了支形象廣告代言。而花花牛肉麵卻搬出了一個有品味的老頭子當花花牛肉麵的代言人——這可真是老闆無能累死員工的最佳寫照！

舉個例子吧，大佬常常聽到村裡的大人帶小孩子去麵店，本來要進到花花牛肉麵，但是小孩子就吵著要去無嘴貓的麵店吃麵。也常常聽到或是看到其他村子的美眉們想要到無嘴貓餐廳吃麵只為拍照，也有看到過女朋友撒嬌希望男朋友陪她到精乘五餐廳吃麵。總之，不得不佩服昂農的老闆，無嘴貓跟中年帥哥出馬，吃麵的客群從八歲到八十歲全都包下了。反觀花花麵店，每次經過總是能聽到小孩子在問：「為什麼要在牆壁上畫一坨痰？」或是問：「那個拍廣告講話大舌頭的老頭是誰？」常去花花麵店的朋友偷偷跟我說，麵店裡的廁所年久失修，裡面有個山水畫，隱約看像有個小人畫像在陪客人上廁所呢，哈哈。

這個無腦的花花牛肉麵，不好好在我們社區就算了，還跑去美利堅社區企圖壟斷牛肉麵市場，後來被管理員山姆大叔抓到。說什麼違反了：反脫褲爛法（意指反托斯拉法）。結果跟所有被通姦抓到的囧犯一樣，賠錢了事。就這樣活生生把麵店員工辛苦賺來的錢全賠給了山姆大叔！

去年，花花牛肉麵因為買了全新的裝備而大打廣告，廣告說花花麵店引進全新的廚房及用餐設備叫：欺欺欺，試圖欺騙村裡的每個人。殊不知這全新的設備，對面的昂農麵店早

↑花花麵店洗手間內的山水畫 小人陪尿圖

在十年前就已經開始使用了。而且昂農麵店的戚戚戚，一排可坐九個人用餐，花花牛肉麵老闆卻為了賺錢硬是多增加一張椅子，讓一排本來坐九個人的位子擠到十個！

這次休假回台灣，詹姆士經過花花麵店，正巧遇上了辛苦和藹的花花員工們在店門口別黃絲帶抗議。詹姆士了解了一下，原來花花麵店去年因為瓦斯費降低等原因大賺了不少錢，可是老闆卻用了這幾年村頭街尾常聽到的「共體時艱」一詞，每人發兩萬塊年終獎金打發，連我家樓下打掃的阿桑年終獎金都領的比這些辛苦的花花員工還多。我又再打聽了一下，原來這可惡的花花牛肉麵店居然處處壓榨員工，例如原本同時段服務的員工要12個人，花花老闆硬是縮減到8個人，讓服務員連吃飯上廁所的時間都沒有。老闆又為了讓麵店多賺點錢，延長營業到半夜，因此多了很多凌晨的班，讓廚師或服務員很晚下班，隔天卻要接著上早班。人的身體又不是鐵打的，半夜的紅眼班本來就應該要增加休息時間。只是花花牛肉麵店不理會這些，這樣的廚師煮出來的麵確實需要擔心。更誇張的是，別家麵店是員工開門準備前置工作時就開始算工資；花花牛肉麵的員工卻是要等到有客人上門點了餐，廚師把麵煮好端到客人面前時，才開始算工錢。

今天，詹姆士和村裡從小一起吃花花牛肉麵店長大的朋友們聊著：花花牛肉麵店代表著我們村子。員工沒有錯，錯的是那些沒有經營策略，只是來麵店過水添經歷、待個幾年就拍拍屁股跑去五星級大飯店當總經理的老闆。花花牛肉麵的老長官們，如果你失去了第一線為你笑著臉服務我們村民的員工，敢問這百年的老店，還剩下什麼？

42 莎呦娜啦　天馬航空以及我的波音737

　　2015年1月29日，天馬航空因債台高築，向東京地方法院聲請破產保護，股票於3月1日下市。

　　我們公司經營惡化有三大主要原因：1.日本政府搞安倍經濟學，日元匯率大跌，搞砸了公司的A380購機計劃，無論如何都買不起A380也就算了，還被空中巴士要求了鉅額賠款；2.2014年引進的A330型客機載客率非常糟糕，原本用B737型客機169個座位都難得客滿，現在換成271個全經濟艙的座位，載客率直接降到五成以下，公司飛一班損失兩班的錢，不倒閉才有鬼；3.金正恩社長經營無道，以非專業管理專業必然倒閉，只是時間早晚的問題而已。

　　公司聲請破產保護後，大家人人自危，有本事的外籍機長開始紛紛找尋新的出路，當然詹姆士也不例外。像我們這種有多機種經驗以及數

↑搬離大鳥居回台灣前於租屋處留影

個不同國家飛行執照的機長，在航空市場上不難找到機長的職缺，只是公司地點以及赴任意願的問題。

　　公司幾天後發了公告給所有日本籍以及外國籍的機師，內容大意是說：所有在B737的機組員都不會被資遣；在A330的機組員，如果原本是公司飛B737的機師，會被轉回B737。至於外航招募來的機師以及正在訓練中的外籍機長，將全部資遣。這通告感覺給大家打了一劑定心劑，不過凡是有能力離開公司的飛行員，無論是日籍或外籍，不管是機長或副駕駛還是紛紛離開。

↑天馬航空A330內裝照片，座椅排列採2-3-2比市場上同機種座椅都還寬大

依照公司外籍機師的合約規定，如果在合約未期滿前要提早解約，必須先給公司三個月的知會期。就是說今天提出離職申請，必須再繼續幫公司飛滿三個月。詹姆士繼續幫公司飛了幾個月後，終究決定離開公司，給了公司一封離職信後繼續飛滿三個月。

　　詹姆士小心翼翼計畫著在天馬航空最後一趟的飛行，耳邊傳來亂彈阿祥的歌「我會更用力呼吸，飛到另一個燦爛天空，完美落地。」終於迎來了最後一輪四天的班，第一天從東京出發，中間怎麼飛也不太在意了，總之最後一天晚上飛回東京，告別我在天馬航空三年半的苦日子，以及陪伴大佬多年的波音737。

　　四天班搭的是一位年輕的副駕駛。其實我挺喜歡與年輕的副駕駛一起飛行，唯一缺點是這些年輕人飛行經驗不足，我必須時時刻刻看好他們，以免一個不注意犯了錯誤。第一天下班前，我們下降過程中高度穿越一萬英呎時，飛機並沒有減速（大部分國家都有規定一萬呎以下速度不可超過250海浬）。我們趕緊做了處置把飛機改平減速，然後繼續下降。這不是什麼大不了的事，也沒有航管違規，但副駕駛非常緊張，一直跟詹姆士說公司規定速度250海浬，我們超速了。

　　副駕駛堅持要上繳機長報告，我則是認為不必。只是口說無憑，趕緊查閱了公司相關規定，確實這個項目是不需要寫機長報告。但副駕駛還是相當緊張，我告訴他既然你堅持要寫，我們就寫在No No sheet上吧。等公司收到No No sheet後仍然要求我們上繳機長報告，那時再寫。我則再次提醒他，公司沒規定這項目要寫報告，我們不寫也沒違反公司規定；如果現在交

這報告，公司要找我們麻煩的話下場可是會很慘。老子沒差再三天退伍，天不怕地不怕，無懼的人最大啦！聽完詹姆士建議後，副駕駛仍然堅持要上繳報告。這也OK，大佬尊重副駕駛意願，我告訴他如果公司有任何處分我會一肩扛下，不關你的事。

　　落地後我把No No sheet填寫完上繳公司，隨即與副駕駛搭車回飯店。隔天我倆表定中午報到的班，哪知公司一大早打電話通知我們任務取消，等會DH回東京等候通知，並且要我們交機長報告。回程路上副駕駛告訴詹姆士他非常後悔昨晚沒有聽從我的建議，造成現在任務被取消，還被叫回東京等候審判。我淡淡地告訴他如果昨晚不上繳報告，我們剩下三天的班會繼續飛的爽爽，幾天後公司分析航班資料，雖然有一半機會公司還是會找我倆麻煩，但既然我們都繼續飛行了幾天，公司也不會停我們飛或是處分我們，因為這不是應報告項目啊！

　　被召回東京連續休了兩天假，沒開生死大會也沒任何飛行任務，正當這無頭無尾的狀況讓我感覺像暴風雨前的寧靜時，公司突然通知開會。詹姆士不覺有異，也沒抱著會被找麻煩的心情去了公司，因為這一萬英呎速度超過250海浬的事情時常發生，根本微不足道。

　　詹姆士進到公司後被處長單獨找進會議室，處長提高音量一副要處分我的樣子，講了一些準備栽贓我的話，還拿出從機務處調來的飛行數據……只是劇本都是他安排，自導自演自爽。詹姆士當然也不是省油的燈，再兩天就退伍了，需要講這麼多嗎？講著講著兩邊吵了起來！處長這時停止會議，直說要拿錄音機和找第三者進來存證。剛好，我求之不得！附帶一

提，我與處長曾打過非常多次交道，開過無數次會，包含把他
的副駕駛趕下飛機、舉報他的人酒測沒過，以及要我寫莫須有
的悔過書等等。

　　我趁處長出去找人及拿錄音機的同時，把iPhone擺到桌上
開啓錄音功能。處長進來後看到我把手機放在桌上錄音，瞬
間露出笑臉問我：「喔～這是iPhone6嗎？螢幕好大啊，真有
錢……」我不置可否，告訴他要錄音就大家一起錄吧，隨後我
把事件發生的過程仔仔細細、一五一十的描述了一次。處長這
次聽完後，剛剛衝出去拿錄音機時的殺氣全沒了！怪了，要拿
錄音機的人也是你，現在搞成這樣的也是你。處長說：「這
個……要看民航局怎麼處置，反正這事件公司要報民航局。」

　　哈哈，你騙三歲小孩或是剛放飛的副駕駛可以，詹姆士可
是飛了將近20年的機長耶。這個是自願報告系統報告的，我們

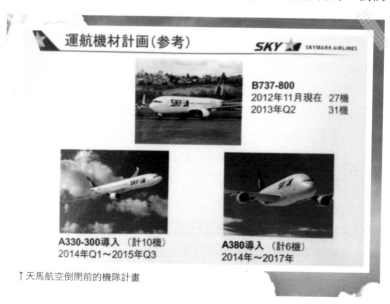

↑天馬航空倒閉前的機隊計畫

既沒違規也不是被抓包了才寫的報告，還真希望你報民航局給我看看。會議最終還是不了了之，沒有處分或是任何事情，倒是錄音機關掉後，我走到處長旁邊跟他說：「記得去年6月21日，有位副駕駛酒測沒過，副總打來希望別上報民航局，這份報告還在我這！」說完我就離開了公司，這也是詹姆士最後一次踏進公司。

　　大概是這塊土地有靈，堅持要有始有終的以突發狀況「迎接」並「歡送」詹姆士吧；當年第一天上課因為資訊太雜遲到，畢業時就換成無緣無故被早退。回想起來真有點遺憾，可能是人生中最後一趟的波音737飛行，居然在莫名其妙、毫無預警的情況下被終結了。別說沒照計畫使出渾身解數進行最終落地，就連認真感傷一下、好好告別多年好友737的機會都沒有。我想大概是老外們多年來的離職壯舉讓公司產生被害妄想，擔心在Shit list上的詹姆士會大肆破壞，才搞出這種隔離措施，結束最後一趟的飛行。

　　我只想安分守己的完成天馬航空的最後一趟完美落地，這三年半雖然有苦、有累、有壓力、有賭爛，畢竟我也開了眼界學了新知，更精闢的看到航空界存在的現況及問題。這都是詹姆士人生的一部分，缺少這部分的人生，哪來你們現在看到的這本書，您說是吧！

（音樂響起）

我會用盡所有力

奮力的躍起在天際　迎著光明

我會更用力的呼吸

飛到另一個燦爛天空　完美　落地～～

↑詹姆士在日本飛行期間探望過我的兄弟

後記

又來搞飛機

一　自訓還是培訓？

《給我搞飛機：型男機長瘋狂詹姆士的飛行日記》上市之後，最常收到讀者來信的問題是：「想成為飛行員，該自訓還是培訓呢？」

關於這個問題，我們先來看一下這兩者的定義。

自訓機師：指的是自行花錢到國外的飛行學校取得飛行執照。

培訓機師：由航空公司招募後送往國外的飛行學校就讀取得飛行執照。

簡單來說，自訓機師就是自費留學，培訓機師就是公費留學。自訓機師首先要自己準備200-300萬台幣的學費才能夠支付飛行學校的高額學費，學成歸國後還必須承擔跟百人競爭，無法考取航空公司的風險。而培訓機師學費有人幫你出，受訓時有薪水可以領，學成歸國後公司準備好飛機等你飛（如果訓練都可以通過的話）。這種條件下你告訴我，自訓還是培訓好呢？如果你還是搞不懂該自訓還是培訓，可以問問樓下幼稚園的小朋友：「你要叔叔買飛機給你玩，還是要自己存錢買飛機玩呢？」所以，請不要再問詹姆士「自訓」還是「培訓」好。

現在有了自訓與培訓的基本概念後，我們再來談點深入的。通常詹姆士都會告訴學生或是讀者能考培訓當然先考培訓，培訓如果沒有考過，之後可以再嘗試著自訓。如果僥倖考

194

上培訓，卻不幸在國外飛行學校的受訓期間被淘汰，淘汰後當然還是可以再自費自訓把中斷的飛行學業完成。聽起來培訓機師百利而無一害，為什麼不先考培訓呢？

很多朋友跟詹姆士說，他現在很掙扎，不知道要考培訓還是自訓，這種時候我只會問一句話：「你準備好出國學飛行的錢了嗎？」而答案通常是沒有。連三條或同花都沒有的人怎麼跟人梭哈呢？我只能說：想太多了！那問題又來了，培訓既然百利無一害，為什麼有很多自訓的機師連培訓都沒有去考就選擇了自訓呢？答案很簡單，因為這些人沒資格或者考不上培訓。例如英文不好的人，多益考試成績連650分都達不到，這樣的人若是執意想學飛行，不直接自訓還有別的方法嗎？別會錯意，詹姆士沒有瞧不起任何人，因為我就是這種人，當年我就是英文差到連多益500分都沒有的人！

聽完這段解釋，大佬希望大家都能理解箇中差異，至於如何當機師等等的問題，因為在上一本書中就已經解釋過，這裡就不再詳述。最後大佬想說的是：有些真正充滿飛行夢想的年輕人，因為無法湊到高額的飛行學校學費而被迫放棄夢想。很多讀者寫信告訴大佬他們的遭遇，如果我看完發現幫不上忙，總是會難過上好幾天。有飛行夢想的朋友們，衷心希望你們的夢想都能完成，早日飛上藍天！

如果你也跟我一樣從有記憶以來就想當飛行員

自從網路上刊出〈要不要學飛，嗯，最好不要〉一文後，造成詹姆士不少的困擾，幾乎每天都有讀者寫信或私訊問詹姆士：「請問網路寫的是真的嗎？是不是真的不用出國學飛行了？」由於寫信問我的學子實在多到令大佬不堪其擾，因此決定趁這本「第二部曲」發行的時候，把所有學子或讀者關心的問題一次解釋清楚。

基本上，網路上所分析的台灣航空就業市場狀況，大佬完全認同，航空就業市場現在也的確不是一個好的時間點（供過於求）。我的數學不好，不懂得去精算跟統計就業的數字跟機率，沒法幫忙解說。我唯一懂的就是如何把飛機飛好，還有幫學生們進入航空公司。This is what I do best.

詹姆士教書十幾年來，每每遇到準備要出國學飛的學生，我都會問一句話：「如果學飛行回來後找不到工作你會後悔嗎？如果找不到工作必須用往後的數年時間來償還學飛行的學費，會對你造成很大困擾嗎？」如果這兩個問題的答案都是肯定的，詹姆士都會奉勸對方，還是慎重的考慮是否真的要走飛行這條路。其實這句話是我好朋友Stefen Huang（目前是阿酋航空B777機長）在大佬十多年前準備出國學飛前問我的。我當時不假思索地直接回答他：「飛行是我從小的夢想，就算回來找不到飛行工作，我也算是完成飛行的夢想。」當年我本來就是在認清學飛行回台灣可能找不到工作的前提下出國學飛行的，所以當年詹姆士連民航局體檢都沒先安排就殺出國了。

又有學生問我說，不先體檢就出國學飛，如果回台灣體檢沒過拿不到體檢證，不能飛怎麼辦？詹姆士剛剛就說了，我就是抱著破釜沉舟的心態出國學飛行的，況且要是體檢沒過，我老父老母當年怎麼可能答應讓我出國學飛行呢？

　　網路上有些言論，認為現在學飛行的時機不好，與其學飛行不如當導遊或是當空服員，反正一樣可環遊世界。這種論點大佬實在不能苟同，畢竟這圈子裡面還有太多跟我一樣打從娘胎就流著飛行員血液，自有記憶以來就想當飛行員的朋友們存在。不可否認，教書這十多年來，眼看從十年前剛開始教學，問學生想當飛行員的動機時，有超過95%的人回答從小想當飛行員的狀況，已經演變為現在再問學生學飛行的動機時，有一半以上的答案是：「因為錢多、因為可以環遊世界、因為可以穿很帥的制服、因為可以跟空姐交往。」甚至詹姆士還遇到有學生跟我說：「我女朋友叫我當飛行員！」這些人你們還是乖乖的別浪費錢出國學飛行了，把機會讓給真正有夢想的人好嗎？

　　接下來的故事大佬是要講給那些剩下不到50%，跟瘋狂詹姆士流著一樣血型（G形）（文章第一段提到過的兩個問題答案都是否定）的學生聽的。無論現在的航空招生大環境再差，身為兩大龍頭的華航跟長榮也沒有停止過招生，剩下的復興、立榮、遠東，甚至威航、虎航也是緩慢卻仍然偶而有招生考試。遙想1998年，詹姆士回台灣那年，華航甚至都還沒開放招300小時的CPL（商用執照）自訓機師，長榮也不像現在每個月固定有招生考試（當年是有缺才招），至於剩下的小航空公司就更別提了。當年所有從國外自訓回台的CPL機師都有共識，回台

灣後在家蹲一年是再正常也不過的事情，相較於現在所謂的航空公司錄取機率低，跟我們那時候比根本是懶較比雞腿哩！

話又說回來，從Ｎ年前開始就一直有朋友跟詹姆士說，回到台灣找不到工作的自訓CPL機師有將近100個。當時詹姆士聽了還不太相信，而且從我教書至今十多年來，扣掉英文考不到650分的學生，出國學回來考不上航空公司的學生我用手指頭都數得出來、叫得出名字。直到最近兩三年各大航空公司招考，看到滿滿七、八十個CPL考生，我才接受這個事實。

所謂「樹大必有枯枝，人多必有白癡」，為什麼市場上的CPL流浪飛行員那麼多呢？現在六成出國學飛行的學生多益成績沒有650分，什麼阿貓阿狗搞了一筆錢就都能出國學飛行，不然就是家裡有錢出國學飛行當玩樂。詹姆士當年是一星期飛七天，這些人是一星期飛一天，不意外的，這些人占了大部分的流浪機師比例。每次與不同地方、不同學校回來的CPL自訓飛行員聊天，不出三分鐘詹姆士就能知道這些人考不上的問題在哪。現在航空公司的錄取機率那麼低，卻怎麼也沒低過當年連華航都不招CPL的年代，如果把剛剛大佬所說的枯枝、英文不好，還有野雞飛行學校回來的爛咖扣除，其實錄取率並沒有想像中的低。

可是大家一定又會問了，大佬啊！你現在說的是現狀，但是未來處於龍頭的航空公司要搞MPL，（這裡不解釋），又要搞自己的飛行學校，以預報來看的話CPL就業市場更差啊！所以我剛剛說了，這段話是講給破釜沉舟、跟我流一樣血液的人聽的。重點是只要航空公司沒有停止招生就有機會不是嗎？只要還年輕，每年都去考就每次都是機會！

我在這裡分享個小故事給大家，我一路走來認識不少學生，也很佩服一些學生的精神。詹姆士有個交情很好的學生，現在已經是Airbus 330的機長，當年他還是個空服員時，就利用上班執勤到美國的空檔學飛，後來索性留職停薪全職學飛，就這樣來來回回搞了三年終於拿到CPL。只是他回台後因為視力原因一直無法報考航空公司飛行員（其實他出國前就知道了，卻不死心），最後乾脆動了雷射手術矯正視力。航醫規定要連續追蹤兩年，也就是說他兩年內都沒辦法拿到體檢證，這段時間他也沒辦法考航空公司。而在他追蹤期滿終於拿到體檢證那年，正巧華航開放招生CPL飛行員，不過由於是第一梯考試，沒人知道題型，就這樣落榜又被綁了一年才可以再複考。他就這樣年年奮鬥始終不放棄，終於最後考上航空公司自訓機師，現在已經是空中巴士330的機長。

　　我再強調，如果你不是跟詹姆士一樣從有記憶以來就想當飛行員，又或是Top Gun已經看到劇情對話都背個滾瓜爛熟的朋友，或是花百萬飛行學費卻找不到工作會後悔不已的人……真心奉勸你們不要出國學飛行！至於跟大佬一樣夢想天空是家的朋友們，大佬拜託你們好好充實自己的英文實力，畢竟英文還是各家航空公司的門票，拿的到門票才有機會吧！學歷再好再高都沒用，沒門票就請靠邊站！

　　另外出國學飛行請務必慎選學校，千萬不要因為看了報章雜誌的飛行學校廣告就去了。《給我搞飛機：型男機長瘋狂詹姆士的飛行日記》一書發行至今最常遇到讀者跟我說，他看了某某雜誌的廣告就決定要去某某飛行學校。這種時候我只能請對方再好好考慮，因為大佬真的不忍心學生受騙，內心都很

煎熬難受。其實也不能怪這些讀者，畢竟雜誌廣告是他們對飛行學校唯一的資訊來源。這些年來大佬也在不同的飛行學校救過、撈過不少學生逃離火海。唯一能說的就是，請千萬慎選飛行學校。

最後詹姆士想說，這些年來我幫助的學生太多了，而我生命中要好的好兄弟們，都是由這些當年的學生們交往而來。一直以來聽到一部分人對我詹姆士有些許批評，內容不外乎這個人太愛現、太標新立異等等，出本書也沒什麼啦……之類。我說，不然有本事你也寫一本啊。況且詹姆士出書是為了幫助想學飛行的朋友，以及讓無法完成飛行夢想的朋友，有機會能透過我的觀點看世界。「人要不招忌就不是人才了。」

↑瘋狂詹姆士

三 讀者回函

　　第一部曲發行後收到非常多的讀友來信，其中不少讀友的信讓詹姆士看完後眼眶泛紅久久不能自己。這些讀友的話語深深打動詹姆士的心，提醒自己能夠翱翔在天際是多麼幸運的事。我收錄了一些懷抱飛行夢想朋友的來信，希望藉由本篇分享給大家，讓所有讀友們知道你並不孤單！無論你的夢想實現了沒，詹姆士答應你們在我往後飛行的日子裡，每趟都會帶著你們的夢想一起飛行。

Hi James你好：

　　讀了你的書，超酷的！我下午去逛誠品，買了《賈伯斯傳》和你的書！不過他的書我還沒拆封，你的書我已經看完了！賈博斯在講他的夢想；你的書在講我的夢想！我今年30Y了！我也曾經有過飛行的夢想。

Hello James：

　　跟您一樣，我是個有記憶以來就想當個Pilot的年輕人，只是我選擇了您原本走的那條路。最近拜讀了您的大作，真的很感動。我猜，大家看了您的書，多半是開心啊、羨慕之類的心情，我卻紅了眼眶！由衷的佩服您，飛行魂讓我全身血液沸騰，現在起，我是您的書迷了！希望能有更多的機會，能向您學習。

您好！

　　我是一個充滿飛行夢的XXX，曾經想出國自訓，還已經在航醫中心做好健康檢查，過程一切都滿順利的，印象中醫生也說沒什麼問題（因為是去年一月檢查的所以記不得上面的檢查細向了），後來卡在對國外的飛行學校認識不足，加上家裡沒太多錢資助，所以漸漸放下這個夢想。本來我表姐也是在華航當機師，可是太少機會見面，後來她也去國外了。距離遠了，夢想也漸漸被生活工作給沖淡，直到看了您寫的書又喚起回憶。

　　看完您的書，讓我想起了曾經的那一點點衝動，讓我很想飛向天際。但我有許多的問題想與您請益，不知是否願意給後生晚輩一點諮詢。我感謝任何建議也很願意學習，只要有一點點機會我都願意去試試看。

親愛的機長先生：

　　我也是一個從有記憶以來就想當飛行員的女生，一直以來我將這個夢想視為不可能的任務，只敢想不敢追。在你的書裡我看到了熱情、瘋狂、成功跟快樂，也看到了世界的不同跟廣闊。這本充滿能量的書給了我好大的勇氣，讓我決定重新抓住夢想。希望有一天也能跟你一樣，載著好多人朝向夢想飛去。

Rita Chuang

　　我叫吳XX，是花蓮東華大學的學生。今天花了幾個小時的時間把你的書《給我搞飛機：型男機長瘋狂詹姆士的飛行日記》看完，真的非常有感觸，總覺得也有一股飛行的熱血在身體內竄動！

　　在書中，你風趣的筆調告訴了我，有夢就去追的美。為了去學飛行，隻身一人到美國，不僅沒有受到自己台灣同胞的照顧，更遭到外國人的歧視！但你卻堅持下來，在不到一年的時

間裡就出師了！而且又在30歲時當上最年輕的機長！

　　天哪！真的好想像你一樣，我自己不是航空科系的學生，但在書中你也說過：「我從來沒說過學飛行很簡單，我只說過當名機師是很簡單的事。」我們或許都只是看到機師光鮮亮麗的一面，穿著帥氣的制服，抬頭挺胸的從入境處走出來！從來沒想過當機師也是需要一番辛苦訓練的，然而飛行的夢想，卻是留給堅持到最後的人！

　　邊笑邊看完這本書後，我期許自己，夢想可以等待，但一定要去實現，把握現在，努力學好英文，充實自己。期待有一天可以如同crazy James一樣，翱翔天際！

　　加油！James

嗨！詹姆士！

　　剛看完了你的書，真是太精彩啦！每篇都很有爆點，尤其是印度篇阿三真是太猛啦！深圳航空的空服真的正。希望我以後也能跟你一樣搞飛機。謝謝你願意分享自己的飛行過程！期待你下本書！

James大人：

　　從我大二買了你那本優質書籍，至今我在部隊裡也依然把你的書帶在身上。很期待你第二本，可以建議我要讀哪幾科，會對學飛比較有用處嗎？我知道是英文、數學、物理，物理的部分是哪些章節？謝謝你讓我一直保持夢想的泉源！

哈囉James：

　　我現在是大二生，我打算在大學畢業、當完兵之後（1995年後的只要4個月兵）成為飛行員！當時我一邊看你的書，一

邊狂笑！你在美國那段真的是超有趣的！我們家境還算小康，可以供我去國外自訓，只是國內也有培訓機師，我想了解雙方的優缺點，還有您個人的建議和為什麼當初您沒有選擇國內培訓。我自己會想去國外，是因為想認識外國人跟他們練習英文還有想去美國看看。非常感謝您出了這本書，讓有志成為飛行員的青年有更多認識。

　　感謝！

詹姆士哥你好：

　　偶然遇見你在2013年發的文章，讓我突然有感而發想來寫篇訊息給你（已排除了高薪、和空姐交往、環遊世界等因素），小的時候渾渾噩噩，到了大學國貿系畢業後，就開始覺得飛行的血液熱了起來。我或許不像你文章中所說的從小血液中就有飛行因子，但每當看到飛機飛過又或者看到任何航空電影，都讓我熱血不已（但無法和詹姆士哥把Top Gun倒背如流相比……）。可能是因為我媽媽以前到現在都很怕坐飛機，所以也不是很鼓勵我走機師這條路，目前也還沒辦法有破釜沉舟的決心出去拚自訓機師。在下有小小的2個問題，想請教詹姆士哥，小弟今年要滿29，不管是自訓或培訓是否太晚？在現今的環境（國內外工作機會），不考慮家裡金錢因素，或在哪工作，詹姆士哥會建議小弟走國內培訓簽約嗎？希望若你有機會看見我這篇訊息，可以簡單回覆我。謝謝你，感激不盡。

　　祝 順心如意！

　　「窮到只剩飛行魂！」最喜歡你書裡的這一句。我是一位懷有飛行夢的年輕人，希望有機會能跟James哥請教請教。

曾XX

偉大又敬愛的詹姆士機長您好，在看完您的著作和所寫的文章以後，有些經歷與感想想跟您分享。自從有記憶以來就自認為身體流著飛行員血液的我，從小當飛行員的夢想就在心中萌芽，儘管小時候學校成績不太好，但是每天都過著快樂且充實的日子，每天也作著當飛行員的白日夢。在我小學畢業後，我父母不顧我意願，強制送我出國，這也是我悲慘生活的開始。在美國「A」比什麼都重要，沒有成績就沒有娛樂，每天只有讀不完的書、背不完的單字與漸漸消失的飛行夢。在家庭成員高學歷的高壓下，我逐漸地被迫拋棄飛行夢，變成了一個普通的書呆子，未來也漸漸的被別人決定。我SAT考2150分又算什麼？上好大學又不是我要的，我要當飛行員！！！

　　今年是我人生的轉捩點，就在今年兩位我摯愛的親人去世了，交往兩年多的女朋友也分手了，也許就是因為這樣，重新審視了自己，使我有了動力去追逐夢想。尤其在閱讀偉大的王機長著作以後，使我追夢的心更堅定了，現在我成為天空中的學員之一，再過兩年就可以成為空中的一份子了，謝謝您的作品使我追尋夢想的意念更堅定！

Ming

　　首先，要感謝您撥空看完我的信。我是一個33歲的大男孩，從小就懷抱著飛行的夢想，但卻一直沒有付諸實踐。一直到24歲退伍，在金融業打滾了9年，努力存了一筆錢、賣了房子賺了一些錢後，才又想起這個一直未實踐的夢想。無奈國內航空公司都有著年齡限制，所以在各方蒐集資訊後選擇朝著自訓機師的路前進！

Joseph

四　下次再相會

　　感謝各位讀者的大力支持容忍，把詹姆士的大作給看完了，沒在閱讀的過程中怒到把書拿去巷口豆漿店綑油條，也沒有給樓下鄰居那隻嘟嘟包大便。

　　《又來搞飛機：暴坊機長瘋狂詹姆士の東洋戰記》這本書的誕生，基本上要感激那些三不五時就在我粉絲團或臉書網頁上，逼問大佬哪時要發行二部曲的讀者。少了你們成天像蒼蠅一樣在我耳邊嗡嗡作響的碎碎念，肯定不會有現在你們手上正在翻閱的這本二部曲，再一次謝謝你們！

　　人是善忘的動物，屬於自己的痛楚，終究只有自己能明白；但只要角色稍一轉換，很快地就忘了先前的經歷。記得詹姆士寫完第一本書如釋重負解脫之後，我堅定的告訴自己再也不要接受這種折磨了，沒想到這幾年角色從作家轉回型男機長後，似乎又忘了上次寫作時苦不堪言的痛楚。

　　在第一部曲《給我搞飛機：型男機長瘋狂詹姆士的飛行日記》，我把辦公室搬到了三萬英呎的高空，這次第二部曲《又來搞飛機：暴坊機長瘋狂詹姆士の東洋戰記》詹姆士又把辦公室搬回了平地，在轉換公司的空檔中又再一次過著「起的比雞早、睡的比賊晚」的日子。整個創作期間我的活動空間只有書房（寫作）、臥室（睡覺）、廁所（尿尿），好加在用繩子串好掛在大佬脖子上的餅乾夠多，才足以支撐我不至於餓死於自宅書房中。

為了不讓讀者們有強烈的失落感，詹姆士要提醒大家，我的記憶力大概只跟金魚一樣，這代表著我很快就會忘了這次創作過程中所受的煎熬，忘了現在好不容易寫到本書的最後一頁，卻不知道該如何結尾的痛苦。我相信只要有喜歡詹姆士的讀者願意常常在我耳邊吵，相信不用等太久，更膾炙人口的第三部曲應該很快就會誕生！

　　最後，謝謝一直支持詹姆士的朋友以及家人，還要謝謝曾經寫信給大佬的讀友們，你們讓詹姆士重新拾回了當初熱愛飛行的那顆赤子之心。這本書，我把它當作是自己第二個小孩看待，希望你也會喜歡。不認識詹姆士第一個孩子的，該是時候順便認識一下了。

　　在閱讀的過程中如果對本書有任何的疑問，請不吝給予詹姆士指教，謝謝。現在，敬請期待詹姆士和你再度在空中相會！

　　E-mail：crazyjames@seed.net.tw
　　FB網址：www.facebook.com/crazyjames777

國家圖書館出版品預行編目資料

又來搞飛機：暴坊機長瘋狂詹姆士の東洋戰記／
瘋狂詹姆士著. --初版.--臺中市：白象文化事業
有限公司，2015.7
　　面；　公分
ISBN 978-986-358-211-3（平裝）
855　　　　　　　　　　　　104012852

又來搞飛機：
暴坊機長瘋狂詹姆士の東洋戰記

作　　者　瘋狂詹姆士
校　　對　瘋狂詹姆士
特約美編　賴怡君
發 行 人　張輝潭
　　　　　出版發行　白象文化事業有限公司
　　　　　412台中市大里區科技路1號8樓之2（台中軟體園區）
　　　　　出版專線：（04）2496-5995　　傳真：（04）2496-9901
　　　　　401台中市東區和平街228巷44號（經銷部）
　　　　　購書專線：（04）2220-8589　　傳真：（04）2220-8505
專案主編　徐錦淳
出版編印　林榮威、陳逸儒、黃麗穎、水邊、陳婷婷、李婕、林金郎
設計創意　張禮南、何佳諠
經紀企劃　張輝潭、徐錦淳、林尉儒
經銷推廣　李莉吟、莊博亞、劉育姍、林政泓
行銷宣傳　黃姿虹、沈若瑜
營運管理　曾千熏、羅禎琳
印　　刷　印芸製版印刷
初版一刷　2015年7月
初版二刷　2015年9月
二版一刷　2023年1月
二版二刷　2024年3月
定　　價　300元

白象文化　印書小舖　PRESSSTORE出版評起　出版 · 經銷 · 宣傳 · 設計
www.ElephantWhite.com.tw　　自費出版的領導者　購書 白象文化生活館